Vente du 20 au 23 Avril 1892
(SALLES SILVESTRE)

CATALOGUE

DE

LIVRES ANCIENS

ET MODERNES

DANS TOUS LES GENRES

ET DE LIVRES EN NOMBRE

PARIS

ÉM. PAUL, L. HUARD ET GUILLEMIN
LIBRAIRES DE LA BIBLIOTHÈQUE NATIONALE
SUCCESSEURS DE MM. LABITTE, ÉM. PAUL ET Cie
28, RUE DES BONS-ENFANTS, 28

1892

LA VENTE AURA LIEU

Du Mercredi 20 au Samedi 23 Avril 1892

A HUIT HEURES PRÉCISES DU SOIR

Dans les Salles de Ventes aux Enchères

DE LA LIBRAIRIE ÉM. PAUL, L. HUARD & GUILLEMIN

28, rue des Bons-Enfants (Anciennes Maisons Silvestre et Labitte)

SALLE N° 2

Par le Ministère de Me **MAURICE DELESTRE**, Commissaire-Priseur

27, RUE DROUOT

Assisté de MM. **ÉM. PAUL, L. HUARD & GUILLEMIN**

LIBRAIRES-EXPERTS

28, RUE DES BONS-ENFANTS

ORDRE DES VACATIONS

		Numéros.
PREMIÈRE VACATION. — *Mercredi 20 avril 1892*		1 à 163
DEUXIÈME VACATION. — *Jeudi 21* —		164 à 321
TROISIÈME VACATION. — *Vendredi 22* —		322 à 479
QUATRIÈME VACATION. — *Samedi 23* —		480 à 635

A la suite de chaque Vacation
il sera vendu un ou plusieurs lots de livres

CONDITIONS DE LA VENTE

La vente se fait expressément au comptant.

Les acquéreurs payeront 5 p. 100 en sus des enchères, applicables aux frais.

Il y aura exposition chaque jour de vente, de 2 à 4 heures.

Les livres devront être collationnés dans les vingt-quatre heures de l'adjudication. Passé ce délai, ou une fois sortis de la salle de vente, ils ne seront repris pour aucune cause.

Les Libraires chargés de la vente rempliront les commissions des personnes qui ne pourraient y assister.

CATALOGUE

DE

LIVRES ANCIENS

ET MODERNES

DANS TOUS LES GENRES

THÉOLOGIE

1. Biblia, ad vetustissima exemplaria castigata, 4 vol. — Novum Jesu Christi Testamentum, 1 vol. — *Antverpiæ, ex officina Plantini*, 1564-1565. — Ens. 5 vol. in-16, mar. r. dos orné, tr. dor. (*Rel. anc.*)

    Exemplaire aux armes de FEYDEAU DE BROU.

2. Pentateuchi versio latina antiquissima e codice Lugdunensi. Publiée d'après le manuscrit de Lyon, avec des fac-similés, etc. par Ulysse Robert. *Paris, Firmin Didot*, 1881, in-4, à 2 col. br.

3. Le Pseautier de David, traduit en françois avec des notes courtes tirées de S. Augustin et des autres Pères. *Paris, E. Josset*, 1702, in-12 à 3 col. portr. mar. r. fil. tr. dor. (*Rel. anc.*)

    Exemplaire réglé.

4. Novum Testamentum (græce). *Lutetiæ, ex officina Roberti Stephani*, 1558, in-16, mar. r. dos orné à petits fers, large dent. fil. dent. int. tr. dor. (*R. Petit.*)

    Notes à l'encre sur le titre.

5. Le Nouveau Testament de Notre-Seigneur Jésus-Christ avec des remarques critiques. *Trévoux, Ganeau*, 1712, 4 tomes en 2 vol. in-12, mar. bleu jans. doublé de mar. r. avec dent. tr. dor. (*Rel. anc.*)

6. Le Père Didon. Jésus-Christ. *Paris, Plon*, 1891, 2 vol. in-8, carte, br.

7. La Sainte Vierge, par l'abbé U. Maynard, ouvrage illustré de quatorze chromolithographies, trois photogravures et deux cents gravures, par Huyot. *Paris, Firmin Didot*, 1877, gr. in-8, fig. noires et color. demi-rel chag. r. fers spéciaux, tr. dor.

1

8. Cæremoniale episcoporum jussu Clementis VIII. Pont. Max. reformatum. *Parisiis, Societatis typographicæ Librorum oficii ecclesiastici*, 1633, in-fol. à 2 col. fig. gr. mar. r. dos orné, fil. tr. dor. (*Rel. anc.*)

> Exemplaire aux armes de CAUMARTIN.

9. Nouvel Office pour les chevaliers de l'ordre du Saint-Esprit. *Paris, Impr. royale*, 1816, pet. in-12 de 96 pp. papier de Hollande, v. vert, dos et dent. fleurdelisés, emblème de l'ordre sur les plats, tr. dor.

10. Veterum aliquot scriptorum qui in Galliæ bibliothecis maxime benedictinorum latuerant Spicilegium, opera et studio Domini Lucæ Acherii. *Parisiis, Savreux, Martin*, 1657-1677, 13 vol. in-4, v. ant. marb.

> Collection de pièces relatives soit à la théologie et à l'histoire ecclésiastique, soit à l'histoire de France.

11. D. Aurelii Augustini hipponensis episcopi Confessionum libri tredecim. *Antuerpiæ, apud J. Gymnicum*, 1546, in-16, vélin, comp. tr. dor.

12. Saint Grégoire de Nazianze, archevêque de Constantinople et docteur de l'Eglise. Sa vie, ses œuvres et son époque, par l'abbé A. Benoit. *Marseille*, 1876, in-8, portr. cart. non rog.

13. Les Devoirs de l'honnête homme et du chrétien, ou les Offices de S. Ambroise, traduits par M. l'abbé de Bellegarde. *Paris, Seneure*, 1689, in-12, mar. r. dos orné, fil. tr. dor. (*Rel. anc.*)

14. Sermons de Frère Michel Menot sur la Madeleine, avec une notice et des notes, par P. Labouderie. *Paris, Fournier*, 1832, in-8, br.

> Non mis dans le commerce.

15. Œuvres de Bourdaloue. *Paris, Lefèvre*, 1838, 5 vol. in-8, demi-rel. chag. bleu, dos orné. (*Rel. défraichie.*)

> Taches d'humidité.

16. Homélie, ou Paraphrase du pseaume L Miserere mei Deus, etc. en forme d'instruction, composé par feu le R. P. Edme Calabre. *Paris, Witte*, 1729, in-12, port. mar. vert, dos orné, tr. dor. (*Rel. anc.*)

17. La Femme forte, conférences par Mgr Landriot. *Poitiers et Paris*, 1865, in-8, fig. demi-rel. chag. brun, plats toiles, tr. dor.

18. Preces Piæ... S. *l. n. d.* in-24, v. brun, comp.

> Petit MANUSCRIT du XVe siècle sur VÉLIN d'une jolie écriture, composé de 124 ff.
> Lettres initiales en bleu et rouge, petite miniature en tête du titre.
> Reliure de l'époque, en mauvais état.

19. Les Quatre Livres de l'Imitation de Jésus-Christ, traduits et paraphrasez en vers françois par P. Corneille. *Paris, Soubron*, 1656, in-4, fig. chag. bleu, fil. têté dor. tr. marb.

> PREMIÈRE ÉDITION des quatre livres réunis, avec les figures de Chauveau.
> Le frontispice est un peu court de marges ; signatures à l'encre sur le titre ; quelques mouillures.

20. L'Imitation de Jésus-Christ, traduction de Michel de Marillac, précédée d'une préface par Louis Veuillot. *Paris, Glady*, 1876, in-8, portr. fig. br.

> Exemplaire numéroté sur PAPIER DE CHINE.

21. Heures nouvelles, dédiées à Madame la Dauphine, écrites et gravées par L. Senault. *Paris, l'autheur, s. d.* in-8, mar. r. dent. tr. dor. (*Rel. anc.*)

> Ouvrage entièrement gravé. Les vignettes et lettres initiales sont en couleur et or.

JURISPRUDENCE

22. Les Constitutions de la France, avec un commentaire par Faustin-Adolphe Hélie. *Paris, Marescq*, 1880, in-8, br.

---

23. Pandectes de Justinien, mises dans un nouvel ordre par Pothier, traduites par de Bréard-Neuville. *Paris, Dondey-Dupré*, 1818-1823, 24 vol. in-8, demi-rel. v. f. dos orné.

24. Coustumes generalles des pays et duché de Bretaigne, nouvellement réformées et publiées en la ville de Nantes, en la congrégation et assemblée des troys Estatz dudict pays, au moys Doctobre, lan mil cinq cens trente-neuf. Avecques les usances localles dudict pays... *Rennes et Nantes*, 1540, in-4, car. goth. peau de mouton.

25. Coustumes généralles des Pays et Duchés de Bretaigne, nouvellemēt réformées et publiées en la ville de Nantes... l'an mil cinq cens trente neuf. S. l. 1543, in-8, 16 ff. prél. et 92 ff. chiff. (en désordre ; déchirure au f. hiii). — Ordonnāces royaulx sur le faict, ordre et stile de plaider par escript en ce pays et duché de Bretaigne, tant en matières civiles que criminelles... (A la fin :) *Imprimé à Rouen par Nicolas Leroux pour Thomas Mestrard marchāt libraire demourant a Rennes*, 1548, in-8, 67 ff. chiff. et 7 ff. non chiff. pour la table. — Ordonnāces et commandemens faictz au Parlement tenu à Nātes es moys de septembre et octobre lan mil cinq cens xxxv prononczant certains arrestz. S. l. 1536, in-8, 20 ff. chiff. — Ordonnances de la court du Parlement de ce pays et duché de Bretaigne sur les criées et ventes dhéritages... *Rennes*, 1543, in-8 de 14 ff. non chiff. — Ens. 4 ouvrages en 1 vol. in-8, v. viol. comp. à fr.

26. Répertoire universel et raisonné de jurisprudence civile, criminelle, canonique et bénéficiale, publié par Guyot. *Paris, Visse*, 1784-1785, 17 vol. in-4 à 2 col. v. ant. marb.

27. Collection générale des lois, décrets, arrêtés... publiés depuis 1789 jusqu'à 1819, recueillie et mise en ordre, par L. Rondonneau. *Paris, Rondonneau et Decle*, 1817-1820, 16 tomes en 28 vol. in-8, v. rac.

28. Recueil général des arrêts du Conseil d'État rendus depuis l'an 8, par Roche et Lebon. *Paris, Dupont, Larose et Forcel*, 1839-1889, 32 tomes en 31 vol. in-8, demi-rel. v. brun, br. et en livraisons.

> Incomplet des années 1853 à 1879 formant les tomes 23 à 49 et de plusieurs livraisons des années 1887 à 1889.
> Les huit premiers volumes sont de la réimpression.

29. Le Droit civil français, suivant l'ordre du code Napoléon, par Toullier, 14 vol. — Supplément, 1 vol. — *Rennes, Paris, Warée, Renouard*, 1811-1831. — Ens. 15 vol. in-8, v. marb.

30. Le Droit civil expliqué suivant l'ordre des articles du code, depuis et y compris le titre de la vente, par Troplong. *Paris, Hingray*, 1837-1856, 28 vol. in-8, demi-rel. v. brun.

31. Code annoté de la police administrative, judiciaire et municipale, publié par Napoléon Bacqua. *Paris, Dupont*, 1857, fort vol. in-8, br.

> La partie supérieure du faux-titre a été coupée.

32. Histoire du barreau de Paris depuis son origine jusqu'à 1830, par Gaudry. *Paris, Durand*, 1864, 2 vol. — Règles de la profession d'avocat, par Mollot. *Paris, Durand*, 1866. — Usages et règles de la profession d'avocat, par Cresson. *Paris, Larose et Forcel*, 1888, 2 vol. — Ens. 6 vol. in-8, br.

33. Le Palais de Justice de Paris, son monde et ses mœurs, par la Presse judiciaire Parisienne. *Paris, Quantin*, 1891, gr. in-8, fig. br.

---

34. Consilia domini Guidonis Pape. (A la fin) : *Lugduñ. p. r̄ arte caleographie magistrũ Mareschal*, 1519, in-4 à 2 col. titre rouge et noir avec encadr. car. goth. v. ant. comp. a froid (*Rel. du XVIᵉ siècle fatiguée.*)

Exemplaire incomplet du feuillet LXXX, déchirure au feuillet LXXXI.

SCIENCES ET ARTS

I. SCIENCES PHILOSOPHIQUES

35. Pensées morales de Cicéron et de Plutarque, recueillies et traduites par M. Levesque. *Paris, Debure et Didot*, 1782-1794, 2 vol. in-16, vél. blanc, tête dor. ébarbé.

De la *Collection des moralistes anciens*.

36. Réflexions ou Sentences et Maximes morales de La Rochefoucauld, textes de 1665 et de 1678, revus par Ch. Royer. *Paris, Lemerre*, 1870, in-16, portr. br.

37. Les Caractères ou les Mœurs de ce siècle, par La Bruyère. *Paris, Belin-Leprieur*, 1845, in-8, fig. de Grandville, Penguilly, etc. br.

38. Considérations sur les mœurs de ce siècle, par M. Duclos. *Londres*, 1784, in-18, portrait, mar. r. fil. tr. dor. (*Rel. anc.*)

39. La Galatée, premièrement composé en Italien par J. de La Case et depuis mis en françois, latin, allemand et espagnol. Traicté très utile et très nécessaire pour bien dresser une jeunesse en route, manière et façons de faire louables.... *S. l. (Genève)*, 1609, in-16, vélin.

Édition en cinq langues.

40. Les Femmes, leur condition et leur influence dans l'ordre social chez différens peuples anciens et modernes, par le vicomte J.-A. de Ségur. *Paris, Raymond*, 1820, 4 tomes en 2 vol. in-12, v. rose, dos orné, dent. à fr. tr. dor. (*Thouvenin.*)

Exemplaire sur PAPIER VÉLIN; figures AVANT LA LETTRE.

41. La Femme dans l'antiquité et d'après la morale naturelle par Joseph de Rainneville. *Paris, Michel Lévy*, 1865, in-8, vél. tête dor. ébarbé.

42. The young Lady's book : a manual of elegant recreations, etc. *London*, 1829, in-12, fig. cart. soie jaune, tr. dor.

43. Du Dandysme et de G. Brummell, par J.-A. Barbey d'Aurevilly. *Caen,
B. Mancel*, 1845, in-16, pap. vergé, cart.

> ÉDITION ORIGINALE.
> Bel exemplaire, presque NON ROGNÉ, avec une correction de la main de l'auteur et
> l'ENVOI AUTOGRAPHE suivant :
> *A l'un des treize qui ne furent que quatre et qui ne firent pas les quatre coups.*
> *Souvenir d'une association impossible, mais d'une amitié très possible, et qui est,* JULES
> B. D'AUREVILLY.

44. Politique tirée des propres paroles de l'Écriture sainte. A Msr le Dauphin. Ouvrage prosthume de J.-B. Bossuet. *Paris, Cot*, 1709, in-4, mar.
r. dos orné, fil. dent. int. tr. dor. (*R. Petit.*)

45. Du Contract social, ou Principes du droit politique, par J.-J. Rousseau,
citoyen de Genève. *Amsterdam, Rey*, 1762, pet. in-8, cart. non rog.

> ÉDITION ORIGINALE.

46. Traicté de la cour, ou Instructions des courtisans, par M. Du Refuge. *Amsterdam, chez les Elzevier*, 1656, pet. in-12, v. brun, tr. dor. (*Thouvenin.*)

47. Il Libro del cortegiano del conte Baldesar Castiglione. (A la fin) : *Venetia,
nelle case delli heredi d'Aldo romano*, 1533, pet. in-8, car. ital. bas.

> Taches d'humidité.

48. L'Homme de cour de Baltasar Gracian, traduit et commenté par le S.
Amelot de La Houssaie. Quatrième édition, revue et corrigée. *Paris,
Martin*, 1687, in-12, front. mar. r. fil. tr. dor. (*Rel. anc. fatiguée.*)

49. Recherches sur la nature et les causes de la richesse des nations, traduit
de l'anglais d'Adam Smith par le citoyen Blavet. *Paris, Lavan*, 1800-1801,
4 vol. in-8, v. jaspé, tr. dor.

50. Les Publications ouvrières et les industries de la France, par A. Audi-
ganne, 2 vol. — Les Ouvriers d'à-présent et la nouvelle économie du travail (par le même), 1 vol. — *Paris*, 1860-1865. — Ens. 3 vol. in-8, demi-
rel. v. f.

51. Histoire de la poste aux lettres et du timbre-poste, depuis leurs origines
jusqu'à nos jours, par Arthur de Rothschild, illustrée de nombreuses
vignettes par Bertall. *Paris, Calmann Lévy*, 1879, gr. in-8, fig. br.

52. Album illustré pour timbres-poste, par Richard. *Paris, Hinrichsen, s. d.*
in-4, fig. cart. toile r. fers spéciaux.

II. SCIENCES NATURELLES. — SCIENCES MÉDICALES

53. Œuvres complètes de Buffon, mises en ordre et précédées d'une notice
historique, par Richard, suivies de quatre volumes sur les progrès des
sciences physiques et naturelles, par Cuvier, 32 vol. et 32 livr. de pl. —
Complément, par R. P. Lesson, 10 vol. et 8 livr. de pl. — *Paris, Bau-
douin-Gobin*, 1825-29. — Ens. 42 vol. in-8, br. et 40 livr. de pl. noires
et color.

> Le complément est incomplet des tomes V, VII à X et des livraisons de planches
> correspondant à ces volumes.

54. Œuvres complètes de Buffon, mises en ordre par Richard, suivies de
deux volumes sur les progrès des sciences par le baron Cuvier. *Paris, De-
langle*, 1827, 30 vol. in-8, portr. fig. color. demi-rel. v. violet, dos orné,
non rog.

55. Traité des diamants et des perles, par David Jeffries, jouaillier, ouvrage traduit de l'anglais sur la seconde édition (par Chappotin Saint-Laurent). *Paris, Debure*, 1753, in-8, planches, bas.

  Mouillures.

56. Histoire et légendes des plantes utiles et curieuses, par J. Rambosson; ouvrage illustré de 187 gravures sur bois. *Paris, Firmin Didot*, 1871, in-8, fig. br.

57. L'Esprit des bêtes, par A. Toussenel, illustré par Em. Bayard. *Paris, Hetzel, s. d.* gr. in-8, fig. br.

58. Les Mammifères, par Louis Figuier; ouvrage illustré de 276 vignettes, par Bocourt, Lalaisse, etc. *Paris, Hachette*, 1869, in-8, fig. br.

59. Antiquités des races humaines, par G. Rodier. *Paris, Amyot*, 1864, in-8, demi-rel. v. f. tête dor. ébarbé.

60. L'Homme primitif, par L. Figuier. *Paris, Hachette*, 1873, in-8, fig. demi-rel. chag. bleu, plats toile, tr. dor.

61. Uccelliera overo discorso della natura e proprieta di diversi uccelli et in particolare di què che cantano, con il modo diprendergli, conoscergli allevargli, e mantenergli, opera di Gio Pietro Olina. *In Roma, a Fei*, 1662, in-4, pl. gr. bas.

  Incomplet des ff. 35, 50 et 56. Mouillures et taches.

62. Sammlung exotischer Schmetterlinge errichtet von Jacob Hübner. *Augsburg*, 1818, 3 vol. in-4, pl. en coul. demi-rel. v. brun, non rog.

63. Mémoires pour servir à l'histoire des insectes, par M. de Réaumur. *Paris, Impr. royale*, 1734-1742, 6 vol. in-4. pl. gr. v. ant. marb.

  Bel exemplaire aux armes de France.

64. Histoire abrégée des insectes. Nouvelle édition, revue, corrigée et augmentée par M. Geoffroy. *Paris, Volland, an VII*, 2 vol. in-4, pl. col. demi-rel. v. vert.

  Bel exemplaire non rogné sauf la reliure du tome II qui est en mauvais état.

65. Le Monde de la mer, par Alfr. Frédol. *Paris, Hachette*, 1865, gr. in-8, vign. et pl. tirées en coul. demi-rel. chag. bleu, plats toile, tr. dor.

66. Les Œuvres de Bernard Palissy publiées d'après les textes originaux, avec une notice historique et bibliographique et une table analytique par Anat. France. *Paris, Charavay*, 1880, in-8, br.

67. Traitez nouveaux et curieux du café, du thé et du chocolate, par Philippe Silvestre Dufour. *Lyon, chez Jean Girin*, 1585, in-12, front. et vign. gr. v. ant. granit. — Histoire naturelle du cacao et du sucre; divisée en deux traitez (par D. Quélus ou de Chélus, corrigée par Nic. Mahudel). — *Amsterdam, H. Strile*, 1720. — Ens. 2 vol. in-12, pl. pliées et gr. demi-rel. mar. violet avec coins.

  Cassure et mouillures dans le premier ouvrage.

68. Tractatus novi de potu caphe de Chinensium thè et de chocolata. *Parisiis, Muguet*, 1685, in-12, fig. vél.

69. Histoire des jardins chez tous les peuples, depuis l'antiquité jusqu'à nos jours, par Arthur Mangin. *Tours, Mame*, 1883, in-4, fig. cart. toile grise, fers spéciaux, tr. dor.

———

70. Le Lavater portatif, ou précis de l'art de connaître les hommes par les traits du visage. — Le Lavater des dames, ou l'Art de connaître les femmes sur leur physionomie. — *Paris, Saintin*, 1815. — Ens. 2 vol. pet. in-16, fig. en couleur, bas.

71. L'Art de connaître les hommes par la physionomie, par Gaspard Lavater. *Paris, Depélafol*, 1820, 10 vol. in-8, portrait et fig. bas. rac.

72. De la Physionomie. Texte, dessin, gravure par J.-B. Delestre. *Paris, Renouard*, 1866, gr. in-8, fig. demi-rel. chag. vert, tête dor. ébarbé.

73. Monument à Edw. Jenner, ou Histoire générale de la vaccine, par le docteur Burggraeve. *Bruxelles, Merzbach*, 1875, in-4, portr. br.

III. ASTRONOMIE. — ART MILITAIRE

74. Gemmæ Phrysii, medici ac mathematici, de principiis astronomiæ et cosmographiæ. *Lutetiæ*, 1557, in-8, vélin.

75. Le Ciel, notions d'astronomie, par A. Guillemin. *Paris, Hachette*, 1864, in-8, vign. et pl. tirées en couleur, demi-rel. chag. r. plats toile, tr. dor.

76. Le Ciel, notions élémentaires d'astronomie physique, par Amédée Guillemin. *Paris, Hachette*, 1877, gr. in-8, pl. noires et color. vign. br.

---

77. Principes de stratégie, étude sur la conduite des armées, par le général Berthaut. *Paris, Dumaine*, 1881, in-8, br. et atlas in-fol. en feuilles.

78. La Stratégie appliquée, par H.-C. Fix. *Bruxelles, Merzbach et Falk*, 1885, 2 vol. in-8, cartes et plans, br.

79. Traité élémentaire d'art militaire et de fortification, par Gay de Vernon. *Paris, Allais*, 1805, 2 vol. in-4, pap. vél. pl. gr. bas. r. dos orné, dent. doublé de tabis bleu, tr. dor.

80. Études sur le passé et l'avenir de l'artillerie, ouvrage continué sur le plan de l'Empereur, par Favé. *Paris, Dumaine*, 1862-1863, 7 vol. in-4, pl. gr. demi-rel. mar. violet avec coins, tête dor.

    Tomes III et IV de cette publication traitant de l'*Histoire des progrès de l'artillerie.*

81. De la Charge des gouverneurs des places, par Messire Anthoine de Ville. *Jouxte la copie imprimée à Paris*, 1640, in-12, vélin.

82. Regole militari del cavalier Melzo sopra il governo e servitio della cavalleria. *Anversa, Troynæsio*, 1611, in-fol. pl. gr. vélin.

83. Campagnes dans les Alpes pendant la Révolution, d'après les archives des états-majors français et austro-sarde, par MM. L. Krebs et N. Morin. *Paris, Plon*, 1891, in-8, br.

84. Relation de la bataille de Marengo, gagnée le 25 prairial an VIII par Napoléon Bonaparte, premier consul, sur les Autrichiens, rédigée par le général Alex. Berthier, ministre de la guerre. *Paris, Impr. impér.* 1806, in-4, papier vélin, plans, demi-rel. mar. r. plats papier, dent. tr. dor. (*Rel. de l'époque.*)

85. Campagnes des Français sous le Consulat et l'Empire. Album de cinquante-deux batailles et cent portraits, collection de 60 planches, dite Carle Vernet. *Paris, s. d.* in-fol. portr. pl. gr. demi-rel. chag. vert.

86. La Guerre de Crimée, par Gustave Marchal, ouvrage illustré de gravures hors texte par Quesnay de Beaurepaire. *Paris, Firmin Didot*, 1889, gr. in-8, fig. br.

87. La Guerre franco-allemande de 1870-71, rédigée par la section historique du grand état-major prussien, traduction par Costa de Serda. *Berlin, Paris*, 1872-1882, 2 parties en 20 livr. in-8, cartes.

> Première partie : *Histoire de la guerre jusqu'à la chute de l'Empire.* — Deuxième partie : *Histoire de la guerre contre la République.*
> Ouvrage complet.

88. La France moderne. La Retraite infernale. Armée de la Loire (1870-71) par Edm. Deschaumes. *Paris, Firmin Didot*, 1889, gr. in-8, fig. br.

89. La France par rapport à l'Allemagne, étude de géographie militaire. *Bruxelles, Merzbach*, 1884, in-8, br.

90. Deux Campagnes au Soudan français, 1887-1888, par le lieutenant-colonel Gallieni. *Paris, Hachette*, 1891, gr. in-8, fig. et plans, br.

IV. ARTS DIVERS

CALLIGRAPHIE. — MUSIQUE. — DANSE. — ÉQUITATION. — JEUX

91. Polygraphie et universelle escriture cabalistique de M. J. Tritheme abbé, traduicte par Gabriel de Collange, natif de Tours en Auvergne. *Paris, Herver*, 1561, in-4, fig. mobiles, bas.

92. Johañ Neudorffers' des ældtern grundliche Fundamental : und circularische Austheilung und Aufreissung der alten romanischen Versalien. *Neurnberg, s. d.* in-4, titre et 10 pl. gr. remmargés, demi-rel. chag. brun.

> Traité de calligraphie.

93. Trésor calligraphique, recueil de lettrines, initiales, etc. du moyen-âge et de l'époque de la Renaissance, par Louis Seghers, mis en chromo par Jul. Seghers. *Anvers, Seghers, s. d.* in-4 obl. texte et 43 pl. noires et color. en feuilles dans un carton.

---

94. Les Sirènes. Essai sur les principaux mythes relatifs à l'incantation, les enchanteurs, la musique magique, le chant du cygne, etc. par G. Kastner. *Paris, Brandus*, 1858, in-4, demi-rel. chag. brun.

95. Chorégraphie ou l'Art de décrire la dance par caractères, figures et signes démonstratifs, par MM. Feuillet et Dezais, maîtres de dances. *Paris*, 1713, in-4, bas.

> Ouvrage entièrement gravé.

96. Recueil de contredanses. *Paris, s. d.* 2 vol. in-8, pl. de musique gravées, v. ant.

> Environ 80 pièces de la fin du XVIIIe siècle.

---

97. Traicté des chevaulx, desdié à la Noblesse françoise par R. Baret, sieur de Rou....., gentilhomme Tourangeau. *Paris, Piquet*, 1651, in-4, titre et fig. gr. vél.

> Mouillures.

98. Principles of modern riding, for gentlemen, by J. Allen. *London, Tegg*, 1825, in-8, fig. cart. non rog.

99. De l'Equitation et des Haras, par le comte Savary de Lancosme-Brèves. *Paris, Ledoyen*, 1843, in-8, portr. pl. demi-rel. chag. r.

> Reliure tachée.

100. Le Cheval et son cavalier. Hippologie, Equitation, etc. par le comte J. de Lagondie. *Paris, Rothschild*, in-18, fig. cart. perc. tr. r.

101. Baron de Vaux. Les Hommes de cheval, 160 portraits et illustrations. *Paris, Rothschild*, 1888, in-8, fig. et aquarelles, br.

102. Le Palamède, revue mensuelle des échecs. *Paris*, 1836-1837, 2 vol. in-8, fig. br.

> Première et deuxième années.

103. Traité complet du Trente-Quarante, par G. Grégoire. *Paris, Passard*, s. d. in-8, br.

V. ARTS INDUSTRIELS ET MÉTIERS

104. De l'union des arts et de l'industrie, par le comte de Laborde. (Tome **VIII** des travaux de la Commission française de l'Exposition universelle de 1851). *Paris, Impr. impériale*, 1856, in-8, demi-rel. mar. r. non rog.

105. Exposition nationale, 1830-1880, album commémoratif, photographies de Fussen, dessins de Heins, texte de Herla. *Bruxelles*, s. d. in-4, texte encadré, photog. cart.

106. L'Exposition de Paris (1889). *Paris, Librairie illustrée*, 1889, in-4 à 3 col. fig. noires et en coul. br.

107. Chefs-d'œuvre des arts industriels, par Ph. Burty. Deux cents gravures sur bois. *Paris, Ducrocq*, s. d. gr. in-8, fig. demi-rel. chag. grenat.

108. La Céramique japonaise, par Audsley et James Bowes, traduction de Louisy. *Paris, Firmin Didot*, 1880, 2 vol. in-4, pl. color. en livr.

109. Éléments d'orfèvrerie, divisés en deux parties de cinquante feuilles chacunes composez par Pierre Germain, marchand orfèvre joaillier. *Se vendent à Paris chez l'auteur*, 1748, pet. in-4, pl. gr. v. ant. marb.

> Première partie, composée de 50 planches représentant des ouvrages d'église.

110. 60 Planches d'orfèvrerie de la collection de Paul Eudel, pour faire suite aux Éléments d'orfèvrerie composés par Pierre Germain. *Paris, Quantin*, 1884, in-4, pl. gr. en feuilles dans un carton.

111. Diamant et Pierres précieuses. Bijoux, joyaux, orfèvreries, au point de vue de leur histoire et de leur travail, par E. Jannetaz. *Paris, Rothschild*, 1881, in-8, fig. br.

112. **SPLENDORE DELLE VIRTUOSE GIOVANI.** *In Vinegia, appresso Iseppo Foresto*, 1558, in-4, de 16 ff. vél.

> ÉDITION ORIGINALE d'un ouvrage rare et non cité, se composant d'un titre avec entourage en bois; au verso un avis au lecteur et 15 planches de broderies.
> Cassures raccommodées dans la marge de la 14e planche.

113. GIOIELLIO DELLA CORONA per le nobili e virtuose donne. *En Fiorenza, appresso Francesco Tosi*, 1596, in-4 obl. non relié.

Recueil de 30 planches de guipures et broderies, plus un titre et 1 f. de préface.

BEAUX-ARTS

I. HISTOIRE GÉNÉRALE. — BIOGRAPHIES D'ARTISTES

114. La Mythologie dans l'art ancien et moderne, par René Ménard. *Paris, Delagrave*, 1878, gr. in-8, fig. br.

115. Les Arts au moyen-âge et à l'époque de la Renaissance par P. Lacroix. *Paris, Firmin Didot*, 1869, gr. in-8, pl. en chromolith. br.

116. La Renaissance en France, par Léon Palustre, dessins et gravures sous la direction d'Engène Sadoux. *Paris, Quantin*, 1881, 2 vol. in-4, fig. eaux-fortes, demi-rel. mar. brun avec coins, tête dor. ébarbé.

117. La Renaissance en Italie et en France à l'époque de Charles VIII, par Eug. Müntz. *Paris, Firmin Didot*, 1885, gr. in-8, fig. br.

118. Conférences de l'Académie royale de peinture et de sculpture, recueillies, annotées et précédées d'une étude sur les artistes écrivains par Henry Jouin. *Paris, Quantin*, 1883, in-8, br.

119. Alexis Lemaistre. L'Ecole des Beaux-Arts dessinée et racontée par un élève. Ouvrage illustré de 60 gravures hors texte. *Paris, Firmin Didot*, 1889, in-8, fig. br.

120. Notes et causeries sur l'art et sur les artistes par Charles Timbal, notice par le vicomte Henri Delaborde. 1 vol. — L'Académie des Beaux-Arts, par le vicomte Henri Delaborde. 1 vol. — *Paris, Plon*, 1881-1891. — Ens. 2 vol. in-8 et in-12, br.

121. Bibliothèque de l'enseignement des beaux-arts. *Paris, Quantin, s. d.* 10 vol. in-8, fig. br.

Corroyer : l'Architecture gothique et romane. — Gourdon de Genouillac : l'Art héraldique. — Mayeux : la Composition décorative. — Renan : le Costume. — Adeline : Lexique des termes d'art. — Lecoy de la Marche : les Manuscrits et la Miniature. — Müntz : la Tapisserie. — Bayet : l'Art byzantin. — Gerspach : la Verrerie.

122. L'OEuvre et la Vie de Michel-Ange, dessinateur, sculpteur, peintre, architecte et poète, par MM. Ch. Blanc, Eug. Guillaume, P. Mantz, etc. *Paris, Gazette des Beaux-Arts*, 1876, gr. in-8, fig. br.

123. Albert Durer à Venise et dans les Pays-Bas, autobiographie, lettres, journal de voyages, etc. traduits de l'allemand avec des notes et une introduction par Ch. Narrey, *Paris, Renouard*, 1866, gr. in-8, papier de Hollande, fig. sur chine, demi-rel. chag. r.

124. Chefs-d'œuvre de Jacob Ruysdael notice et eaux-fortes, par Bronislas Zaleski. *Paris, Librairie du Luxembourg, s. d.* in-4 obl. pl. cart.

125. L'Ancienne France. Sculpteurs, architectes, peintres et graveurs de l'Académie d'architecture et de peinture. *Paris, Firmin Didot*, 1888, 2 vol. in-8, fig. br.

126. Gavarni. L'Homme et l'œuvre, par Edm. et J. de Goncourt. *Paris, Plon*, 1873, in-8, portr. br.

II. DESSIN. — PEINTURE

127. L'Art de dessiner, par Jean Cousin, excellent peintre français. *Paris, Chereau, s. d.* in-4 obl. de 71 pp. non rel.

128. Les Proportions du corps humain mesurées sur les plus belles figures de l'antiquité, par Gérard Audran, graveur du roi. *Paris, Chereau*, 1785, pet. in-fol. non relié.

    Taches.

129. LIVRE NOUVEAU ET UTILE pour toutes sortes d'artistes, et particulièrement pour les orfèvres, les orlogeurs, les peintres, les graveurs, les brodeurs, etc. contenant quatre alphabets de chiffres fleuronnez au premier trait avec quantité de devises, d'emblêmes et de nœuds d'amour; le tout exactement recherché, dessiné et gravé par Daniel de La Fueille. *Amsterdam*, 1691, in-4, 100 planches gravées, non rel.

    Très rare.

130. Histoire de la peinture décorative, par A. de Champeaux, ouvrage orné de 73 gravures, par Libonis. *Paris, Laurens*, 1890, in-8, fig. br.

131. Les Merveilles de l'art moderne (publié par Robert Vallier). *Paris, Calmann Lévy, s. d.* in-fol. 56 pl. gravées sur bois, cart. toile r. fers spéciaux.

132. Henri Houssaye. Le Salon de 1888, cent planches en photogravure, par Goupil. *Paris, Boussod Valadon*, 1888, in-4, pl. en 12 liv.

133. Georges Lafenestre. Le Salon de 1889, cent planches en photogravure, par Goupil. *Paris, Boussod Valadon*, 1889, in-4, pl. en 12 liv.

    Exemplaire numéroté sur PAPIER DU JAPON.

134. Catalogue de douze tableaux peints par M. Diaz. *Paris*, 1857, in-8, 12 eaux-fortes, br.

135. Paul Endel. La vente Hamilton, avec vingt-sept dessins hors texte. *Paris, Charpentier*, 1883, in-8, fig. br.

136. Catalogue des tableaux anciens, dessins, gravures, objets d'art, médailles, livres et mobilier composant les collections de feu M. le comte de La Beraudière. *Paris*, 1885, in-4, pl. br.

    22 planches à l'eau forte.

137. Szana Tamás Magyar Müvészek Mütörténelmi vázlatok képekkel. *Budapest, Révai*, 1887, in-4, nombr. pl. tirées en noir et en coul. br.

138. Versailles, salle des Croisades. *Paris, Gavard, s. d.* in-4, pl. noires et color. demi-rel. chag. r. dos orné, tr. dor.

139. Les Tapisseries décoratives du Garde-Meuble, choix des plus beaux motifs, par Ed. Guichard, texte par Alfred Darcel. *Paris, Boudry, s. d.* in-fol. pl. noires et color. en 10 livr.

III. GRAVURE

1. LIVRES ILLUSTRÉS

140. Omnia D. And. Alciati Emblemata ad quæ singula, præter concinnas acutasque inscriptiones. *Lugduni, apud Rovillium*, 1574, in-16, fig. en bois, dérel.

> Exemplaire incomplet des pages 7-8 et 257-258.

141. Dionysii Lebei — Batillii regii mediomatricū præsidis emblemata. Emblemata a Jano Jac. Boissardo Vesuntino delinæta sunt et a Theodoro de Bry sculpta et nunc recens in lucem edita. *Francofurti ad Moenū*, 1596, in-4, vélin.

> Titre, portrait de l'auteur et LXIII planches gravées.
> Le titre est doublé, taches.

142. Dionysii Lebei-Batillii regii mediomatricū præsidis emblemata. Emblemata a Jano Jac. Boissardo Vesuntino delinæta sunt et a Theodoro de Bry sculpta et nunc recens in lucem edita. *Francofurti ad Moenū*, 1596, in-4, titre et pl. gr. mar. r. fil. à fr. et fleurons or, dent. int. tr. dor.

> Le portrait de l'auteur manque ainsi que les planches L à LXIII.

143. Amorum emblemata figuris aeneis incisa studio Othonis Vaeni Batavo Lugdunensis. *Antuerpiæ, Venalia apud Auctorem*, 1608, in-8 obl. fig. v. ant. marb.

> Quelques figures sont grossièrement enluminées; taches.

144. Amoris divini et humani effectus varii sacræ scripturæ sanctorumq. PP. sententiis ac gallicis versibus illustrati. *Antuerpiæ, apud Mich. Synders*, 1626, pet. in-12, fig. vél.

> 48 jolies planches avec légende en français et en latin; chaque planche est encadrée d'un filet rouge.

145. Mundi lapis Lydius, sive Emblemata moralia nobilissimi viri D. Antonii a Burgandia, quondam Archidiaconi Brugensis, in quibus vanitas per veritatem falsi accusatur et convincitur versibus illustrabat. *Aurelius Augustinus, s. d.* in-4, fig. vél.

146. Sacræ historiæ acta a Raphaele Urbin, in Vaticanis xystis ad picturæ miraculum expressa Nicolaus Chapron Gallus a se delineata et incisa. *Romæ*, 1649, in-fol. obl. demi-rel. bas.

> Titre et 52 planches gravés.

147. Le Triomphe de la Religion sous Louis le Grand, représenté par des inscriptions et des devises avec une explication en vers latins et français (par le P. G. F. Le Jay, Jésuite). *Paris, Martin*, 1687, in-12, fig. v. f. ant.

> Taches.

148. Almanach généalogique pour l'année 1781, avec l'approbation de l'Académie royale des Sciences et Belles Lettres à Berlin. *Berlin, Michel Kunst*, 1781, in-32, fig. cart.

> 13 jolies figures dessinées et gravées par D. Chodowiecki.

149. Tableaux historiques de la Révolution française. *S. l. n. d.* in-fol. pl. demi-rel. vél. blanc.

> Premier volume seul contenant les 76 premières planches avec le texte.
> Le titre et la 42ᵉ planche manquent.

150. Les Beautés de l'Histoire sainte. Suite de 32 fig. in-8, de Barrias,
Gérard Seguin, etc. gravés par Massard, Nargeot, etc.
  Épreuves avant la lettre sur chine.

151. Dialogues dramatiques, et album de Jean-Baptiste Meu. *Hâvre*, 1834,
in-8, papier bleu, pl. lithogr. br.

152. Paris, Londres, Keepsake français, 1838. Nouvelles inédites illustrées
par vingt-six vignettes gravées à Londres par les meilleurs artistes.
Paris, Delloye, 1838, in-8, fig. demi-rel. mar. violet, dos orné, fil. tr.
dor.

153. Paris, Londres, Keepsake français, 1839. Nouvelles inédites illustrées
par vingt-six vignettes gravées à Londres par les meilleurs artistes. *Paris,
Delloye*, 1839, in-8, fig. mar. grenat, fers à fr. tr. dor.

154. Scènes de la vie privée et publique des animaux, vignettes par Grandville, études de mœurs contemporaines publiées sous la direction de
P. J. Stahl. *Paris, Hetzel et Paulin*, 1842, 2 vol. gr. in-8, front. fig. demi-
rel. chag. vert, dos orné.
  Premier tirage.

155. Scènes de la vie privée et publique des animaux, vignettes par Grandville. *Paris, Hetzel et Paulin*, 1842, gr. in-8, fig. demi-rel. bas. verte, tr.
marb.

156. Petites Misères de la vie humaine, par Old Nick et Grandville. *Paris,
Fournier*, 1844, in-8, fig. cart.
  Taches d'humidité.

157. Assemblée Nationale comique par Aug. Lireux, illustrée par Cham. *Paris,
Michel Lévy*, 1850, gr. in-8, fig. cart. original.

158. Les Fleurs du ciel, par P. Christian, lithochromies d'après les dessins de
Ciappori. *Paris, Hangard-Maugé*, 1860, in-8, pl. color. demi-rel. chag.
brun, dos orné, tr. dor.

159. Gavarni. Masques et Visages. *Paris, Dentu*, 1862, in-12, vignettes, br.

160. Triomphe de Cupidon, 12 dessins fantaisistes, par Henri Losson. *Paris,
Hinrichsen, s. d.* planches in-4 en feuilles renfermées dans un joli car-
tonnage.

161. Catalogue de l'exposition de gravures anciennes et modernes, 4 juillet
1881. *Paris, Cercle de la librairie*, 1881, in-4, texte encadré, fig. pl. noires
et col. cart.

162. Paris à cheval, texte et dessins par Crafty. *Paris, Plon*, 1883, gr. in-8,
fig. demi-rel. chag. bleu.
  Premier tirage.

163. Suite des gravures pour illustrer la Chanson des Gueux de Jean Richepin, par Eugène Courboin. *Paris, Dreyfous*, 1883, in-8, en feuilles dans
un carton.

2. PORTRAITS. — COSTUMES. — FÊTES, ETC.

164. Assemblée Nationale (1848). *Paris, Delarue, s. d.* 420 portr. lithog. en
feuilles.
  Piqûres d'humidité.

165. Giacomo Franco. Habiti d'Huomeni et donne venetiane, con le proces-
     sione della ser. Signoria et altri particolari cioe Trionfi, feste, cerimonie
     publiche della nobilissima cittadi Venetia. *S. l. n. d.* (*Venetia*, 1610), pet.
     in-fol. titre et 30 pl. gr. cart. non rel.

166. Le Costume historique, cinq cents planches, en couleur et en camaïeu,
     publié sous la direction de A. Racinet. *Paris, Didot*, 1888, 1 vol. de texte
     et 20 livr. in-fol. pl. color. dans des cartons.

     Manquent les livraisons 9, 10 et 11.

167. Costumes des XIIIe, XIVe et XVe siècles, extraits des monumens les plus
     authentiques, avec un texte historique et descriptif, par Camille Bonnard.
     Paris, Bonnard, 1829-1830, 2 vol. in-4, fig. sur chine, demi-rel. chag.
     violet, dos orné.

168. L'Art de la mode, reproduction en noir et en couleurs de costumes,
     d'ameublements... *Paris*, 1881, in-4, pl. noires et color. br.

169. Recueil de divers portraits des principales dames de la Porte du Grand
     Turc, tirés au naturel, par George de La Chapelle. *Paris, Etienne*, 1648,
     in-fol. titre et 12 pl. gr. demi-rel. v. f. ant.

     Mouillures.

170. Les Anglais peints par eux-mêmes, dessins de M. Kenny Meadous, tra-
     duction de M. Emile de Labédollierre. *Paris, Curmer*, 1840, in-8, front.
     pl. demi-rel. bas. noire, dos orné.

     Tome 1er.

171. Histoire des éventails chez tous les peuples et à toutes les époques, par
     S. Blondel. *Paris, Renouard*, 1875, in-8, fig. br.

172. Le Comte de Belleval. Du Costume militaire des Français en 1446. *Paris,
     Aubry*, 1866, 5 planches. — La Panoplie du XVe au XVIIIe siècle. *Paris*,
     1873. — Ens. 2 vol. in-4 et in-8, br.

173. TYPES ET UNIFORMES. L'Armée française, par Edouard Detaille,
     texte par Jules Richard. *Paris, Boussod Valadon*, 1885-1889, 2 vol. in-fol.
     pl. noires et color. en 16 liv.

     Exemplaire numéroté sur PAPIER DE HOLLANDE, avec les planches AVANT LA LETTRE.

---

174. Enterrement très excellent de très haut et très illustre prince Claude
     de Lorraine, duc de Guyse et d'Aumale, pair de France, etc. Auquel sont
     déclarées toutes les cérémonies de la Chambre d'honneur du transport
     du corps... Fait par Edmond du Boulay, roy d'armes de Lorraine. *Paris,
     Adrian Taupinart*, 1620, pet. in-8, fig. de blasons, vélin.

     Quelques blasons sont coloriés. Les feuillets (pp. 211-212 et 221-222) sont rognés.

175. Angelica vincetrice di Alcina festa teatrale da rappresentarsi sopra la
     grande peschiera dell'imperiale favorita solennizzando si la felicissima,
     e gloriosa nascita di Leopoldo arciduca d'Austria e real principe di las
     Asturias per comando della sacra, cesarea e real Cattolica Maesta di
     Carlo VI. *Vienna d'Austria*, 1716, in-4 de 51 pp. 6 grandes planches
     gravées et pliées, cart.

176. Les Fêtes nationales à Paris, par Edouard Drumont. *Paris, Baschet*, 1879,
     in-4, pl. cart. toile, fers spéciaux, tête dor. ébarbé.

IV. ARCHITECTURE

177. Règles des cinq ordres d'architecture de Jacques Barrozio de Vignole. *Leide, Van der Aa*, 1712, in-12, pl. gr. v. ant. marb.

178. Instructions du Comité historique des arts et monuments. Architecture gallo-romaine du moyen-âge et militaire, par Mérimée, Lenoir, etc. Musique, par Bottée de Toulmon. *Paris, Impr. impériale*, 1857, 2 vol. in-4, fig. br.

> Rare.

179. Monuments d'architecture et de sculpture en Belgique, dessins d'après nature, lithographiés en plusieurs teintes, par Stroobant ; texte par Stappaerts. *Bruxelles, Muquardt, s. d.* pet. in-fol. pl. demi-rel. chag. r. fers spéciaux, tr. dor.

180. Some Acount of domestic architecture in England from Richard II to Henry VIII. *Oxford*, 1859, 2 vol. in-8, fig. cart. tête dor.

181. Les Châteaux historiques de la France, par Gustave Eyriès, accompagné d'eaux-fortes. *Paris, Oudin*, 1878-1881, 3 vol. gr. in-4, pl. en livr.

182. Le Palais des Scaurus, ou Description d'une maison romaine, par **F. Mazois**, précédé d'une notice biographique par **M. Varcollier**. *Paris, Didot*, 1859, in-8, fig. demi-rel. bas. grenat.

183. Dictionnaire raisonné du mobilier français de l'époque carlovingienne à la Renaissance, par Viollet-le-Duc. *Paris, Morel*, 1872-1873, 6 vol. in-8, fig. noires et color. demi-rel. chag. vert.

> Incomplet des tomes II, V et VI.

184. Dictionnaire raisonné du mobilier français de l'époque carlovingienne à la Renaissance, par Viollet-le-Duc. *Paris, Bance*, 1858, in-8, fig. noires et color. demi-rel. chagr. r.

> Première partie : Meubles.

V. CURIOSITÉS ET OBJETS D'ART

185. P. Eudel. Collections et Collectionneurs. *Paris, Charpentier*, 1885, in-12, br.

186. P. Eudel. L'Hôtel Drouot et la curiosité. *Paris, Charpentier*, 1882-1889, 8 vol. in-12, br.

> On y a joint la table des noms cités dans les 8 volumes.

187. Inventaire de Marie-Josèphe de Saxe, dauphine de France, 1731-1767, par Germain Bapst. *Paris, Lahure*, 1883, pet. in-4, br

188. Germain Bapst. Inventaire de Marie-Josèphe de Saxe, dauphine de France. *Paris, Lahure*, 1883, in-4, port. br.

189. F. de Mély. Le Trésor de Chartres. *Paris, Picard*, 1886, in-8, fig. br.

> Tiré à petit nombre. Exemplaire réservé.

BELLES-LETTRES

I. LINGUISTIQUE

190. P. Larousse. Fleurs latines, 1 vol. — Fleurs historiques des dames et des gens du monde, 1 vol. — *Paris, s. d.* — Ens. 2 vol. in-8, demi-rel. chag. r.

191. Dictionnaire d'étymologie française, d'après les résultats de la science moderne, par Auguste Scheler. *Bruxelles, Muquardt*, 1873, in-8 à 2 col. br.

192. Kramers. Nouveau Dictionnaire français-néerlandais, néerlandais-français, par Bonte. *Gouda, Van Goor Zonen, s. d.* 2 vol. in-8 à 2 col. demi-rel. chag. noir.

193. Dictionnaire français-malais, malais-français, par l'abbé P. Favre. *Vienne, Imprimerie impériale*, 1875-1880, 2 vol. in-8 à 2 col. br.

194. Habes hoc in libro Hebraicas institutiones..... Ædidit Rev. Do. Sancte Pagninus. *Lugd. p Antonium du Ry*, 1526, in-4, cart. goth. titre avec encadr. lettres ornées, vél.

Exemplaire incomplet du cahier R. (8 ff.). Cachet sur le titre.

II. POÉSIE

1. POÈTES GRECS ET LATINS

195. Alfr. Croiset : La Poésie de Pindare et les Lois du lyrisme grec. — Essai sur la vie et les œuvres de Lucien. — *Paris, Hachette*, 1880-1882. — Ens. 2 vol. in-8, br.

196. ANACRÉON, Sapho, Bion et Moschus, traduction nouvelle en prose, suivie de la Veillée des fêtes de Vénus et d'un choix de pièces de différents auteurs, par M. M*** C** (Moutonnet de Clairfond). *A Paphos, et se trouve à Paris chez Le Boucher*, 1773, front. et fig. d'Eisen. — Héro et Léandre, poème de Musée. On y a joint la traduction de plusieurs idylles de Théocrite (par le même). *A Sertos, et se trouve à Paris*, 1774. — Ens. 2 ouvrages en 1 vol. in-8, fig. v. ant. éc. fil. tr. dor.

Exemplaire du PREMIER TIRAGE, les pp. 33 et 34 du second poème ont une petite cassure.

197. Sapho, Bion, Moschus. Recueil de compositions, dessinées par Girodet et gravées par M. Chatillon. *Paris, Chaillou-Potrelle*, 1829, in-fol. pl. gravées au trait, demi-rel. bas. r. non rog.

Mouillures.

----

198. Di Tito Lucrezio Caro, della Natura delle cose, libri sei, tradotti dal latino in italiano da Alessandro Marchetti. *Amsterdamo*, 1754, 2 vol. in-8, fig. de Cochin, v. ant. granit.

199. Anti-Lucretius, sive de Deo et Natura, libri novem. *Parisiis, Guérin,*
1747, 2 vol. in-8, portrait, vignettes d'Eisen, v. ant. granit.

200. P. Virgilii Maronis opera, interpretatione et notis illustravit Carolus
Ruaeus, Soc. Jesu. *Parisiis, apud Simonem Benard,* 1682, 2 vol. in-4, front.
gr. v. ant. granit.

201. Œuvres de Horace, traduction nouvelle par Leconte de Lisle. *Paris,*
Lemerre, 1873, 2 vol. pet. in-12, br.
> De la *Petite Bibliothèque littéraire.*

202. Pièces choisies d'Ovide, traduites en vers françois par Th. Corneille.
Rouen et Paris, 1670, in-12, v. ant. granit.

203. Alle de Werken van Publ. Ovidius Naso; et eerste deel, Bestraade
in Heldinne-Brieven, Minne-Dichten, vry-Konst, Minne-Baat, in de Neder-
landse Taale Overgebracht Door Abr. Valentyn. Met Verklaaringen en
Uitleggingen verrijkt door Lud. Smids. *Amsterdam, Mortier,* 1700,
3 vol. in-4, fig. v. f. large dent. tr. dor.

204. Fables de Phèdre, traduites en français, avec le texte et ornées de
gravures. *Paris, Didot l'aîné,* 1806, 2 vol. in-18, fig. cart. non rog.

205. D. Jun. Juvenalis et auli Persii Flacci satyræ, cum annotat. Ch. Farnabii.
Amstelædami, typis Joannis Blaeu, 1650, in-12, titre gr. mar. r. dos orné,
dent. tr. dor. (*Rel. anc.*)

206. Joannis Passeratii Kalendæ januariæ. *Lutetiæ, apud Patissonium,* 1597,
in-4, portr. v. f. ant. tr. dor.

207. Leonis XIII Pont. Maximi Carmina. Collegit atque italice interpre-
tatus est. Jeremias Bruxellius. *Udine,* 1883, in-8, cart.

2. POÈTES FRANÇAIS

208. Le Roman de la Rose, par Guillaume de Lorris et Jean de Meung. Édition accompagnée d'une traduction en vers, suivie de notes et d'un
glossaire par Pierre Marteau. *Orléans, Herluison,* 1878-1880, 5 vol.
in-16, br.
> Exemplaire numéroté sur PAPIER WHATMAN.

209. Les Œuvres de Clément Marot de Cahors. *La Haye, Moetjens,* 1700,
2 vol. in-12, mar. r. dos orné, fil. dent. int. tr. dor. (*David.*)
> Les titres des deux volumes sont plus courts.

210. Euvres de Louize Labé Lionnoise surnommée la Belle Cordière. *Brest,*
de l'imprimerie de Michel, 1815, in-8, cart. non rog.
> Édition tirée à très petit nombre.

211. L'A-Dieu a Phœbus et aus muses, avec une Ode à Bacchus, par J.-P.-T.
(Passerat). *Paris, Benoist Prevost,* 1559, in-4 de 15 ff. mar. r. jans. dent.
int. tr. dor.

212. Commentaires sur la sepmaine de la création du monde, de Guillaume
de Saluste, sieur du Bartas. *Rouen, Mallard,* 1597, in-12, vél. à rec.

213. La Puce de Mme Desroches (1583). Deuxième réimpression publiée par
D. Jouaust. *Paris, Libr. des Bibliophiles,* 1872, in-12, br.

214. Poésies de Malherbe, rangées par ordre chronologique, avec un discours

sur les obligations que la langue et la poésie françoise ont à Malherbe et quelques remarques historiques et critiques (par C.-H. Le Fevre de Saint-Marc). *Paris, Barbou*, 1757, in-8, v. ant. marb.

215. L'Enfer de la Mère Cardine..., etc. (attribué à Flaminio de Birag). *S. l. n. d.* (1597), in-8 de 55 pp. demi-rel. v. brun, tête dor.

    Réimpression faite en 1793 par Didot l'aîné et tirée à très petit nombre.

216. Les Satires du sieur Régnier. *Paris, Du Breuil*, 1614. — Les Quatrains des sieurs Pybrac, Faure et Mathieu. *Paris, Robinot*, 1646. — Ens. 2 ouvrages en 1 vol. in-8, fig. v. ant. granit.

    Le dernier ouvrage est incomplet des *Plaisirs de la vie rustique* annoncé sur le titre.

217. Les Œuvres de Racan. *Paris, Coustelier*, 1724, 2 vol. pet. in-8, v. f. ant.

218. Le Banquet des muses, ou Recueil de toutes les satyres... du sieur Auvray. *Rouen, Ferrand*, 1623, in-12, br.

    Réimpression tirée à cent exemplaires numérotés faite par Mertens, de Bruxelles, en 1865.

219. L'Escole de Salerne en vers burlesques (par L. Martin). *Troyes et Paris*, s. d. pet. in-12 de 48 pp. demi-rel. mar. vert.

    Court de marges.

220. Fables de La Fontaine, édition illustrée par J.-J. Grandville. *Paris, Fournier*, 1838, 2 vol. in-8, fig. demi-rel. chag. violet. (*Rel. fatiguée.*)

    Les planches sont sur CHINE.

221. Contes et Nouvelles en vers de La Fontaine. *Amsterdam*, 1745, 2 vol. pet. in-8, vign. de Cochin à mi-page, mar. r. dent. tr. dor.

    Tirage à part et moderne des vignettes attribuées à Duplessi-Bertaux.
    Taches à 5 endroits différents.

222. Contes de J. La Fontaine. Nouvelle édition. *Paris, Lefèvre (de l'imprimerie de Crapelet)*, 1814, in-8, fig. de Moreau, v. jasp. dent. tr. dor.

223. Contes et Nouvelles en vers, par Jean de La Fontaine. *Rouen, Lemonnyer*, 1879, 2 vol. in-8, portr. fig. br. et rel.

    Exemplaire numéroté sur PAPIER DE HOLLANDE.
    Le tome I est broché; le tome II est en demi-rel. mar. r. avec coins, tête dor. ébarbé.

224. Contes et Nouvelles en vers, par Jean de La Fontaine, 2 vol. — Contes et Nouvelles en vers, par Voltaire, Vergier, Senecé... 2 vol. — Le Fond du sac (par Nogaret Théis et l'abbé Bretin), 2 vol. — *Rouen, Lemonnyer*, 1878-1879. — Ens. 6 vol. in-8, portr. vign. br.

    Exemplaire numéroté sur PAPIER WATHMAN.
    Le tome 1 des *Contes de La Fontaine* est en demi-rel. mar. r. avec coins, tête dor. ébarbé.

225. Œuvres diverses du sieur D*** (Boileau-Despréaux). *Paris, Barbin*, 1694, 2 vol. in-12, fig. v. ant. granit.

    Ce volume contient *l'Ode sur la prise de Namur*, la *Satire* X et les *Epistres nouvelles* (X, XI et XIII).
    Marques au crayon dans les marges.

226. Œuvres de M. Boileau-Despréaux, avec les éclaircissements historiques donnez par lui-même. *Genève, Fabri et Barillot*, 1716, 2 vol. in-4, portrait et fig. v. ant. granit. (*Rel. fatiguée.*)

227. Œuvres de Boileau avec un nouveau commentaire, par M. Amar. *Paris, Lefèvre*, 1821, 4 vol. in-8, portr. fig. de Desenne, demi-rel. v. bleu, dos orné, non rog.

228. Les Satires du sieur Nicolas Boileau-Despréaux, introduction et notes, par F. de Marescot. *Paris, Académie des Bibliophiles*, 1868, in-8, br.

229. Œuvres de Boileau-Despréaux, texte de 1701, avec notice, notes et variantes, par Alphonse Pauly. *Paris, Lemerre*, 1875, 2 vol. pet. in-12, portr. br.

   De la *Petite Bibliothèque littéraire*.

230. Œuvres de Boileau-Despréaux, avec notice, notes et variantes, par Alphonse Pauly. *Paris, Lemerre*, 1875, 2 vol. pet. in-12, portr. demi-rel. mar. r. avec coins, fil. tête dor. ébarbé.

   De la *Petite Bibliothèque littéraire*.

231. ŒUVRES POÉTIQUES DE BOILEAU-DESPRÉAUX, avec une introduction t des notes, par F. Brunetière. *Paris, Hachette*, 1889, gr. in-4, front. pl. en feuilles dans un carton.

   Exemplaire numéroté sur PAPIER DU JAPON, avec la suite des planches en deux états.

232. Œuvres de Madame Des Houlières. Nouvelle Edition. *Paris, Crapelet, an VII* (1799), 2 vol. in-8, port. cart. non rog.

   Mouillures.

233. Madame Deshoulières emprisonnée au château des Vilvorde par ordre du Prince de Condé; son évasion de cette forteresse. Notice historique par L. Galesloot. *Bruxelles, Arnold*, 1866, in-4 de 67 pp. front. cart.

234. Le Tableau de la vie et du gouvernement de Messieurs les cardinaux de Richelieu et Mazarin et de Monsieur Colbert, représenté en divers satyres et poésies ingénieuses; avec un recueil d'épigrammes sur la vie et la mort de Monsieur Fouquet. *Cologne, Pierre Marteau*, 1694, in-12, mar. bleu à long grain, dent. doublé de tabis rose, tr. dor.

   Poëme satyrique le Petit, contenant également une description de Paris ridicule.

235. La Guirlande de Julie, augmentée de documents nouveaux par Oct. Uzanne. *Paris, Librairie des Bibliophiles*, 1875, pet. in-8, portr. demi-rel. mar. r. avec coins, dos orné, fil. tête. dor. ébarbé.

236. L'Art de peindre, poëme avec des réflexions sur les différentes parties de la peinture par M. Watelet. *Paris, Guérin et Delatour*, 1760, in-12. front. et fig. v. f. ant. fil. tr. dor.

237. Les Sens (par du Rosoi), poëme en six chants. *Londres*, 1766, in-8, fig. de Wille, mar. r. jans. dent. int. tr. dor.

238. Les Sens, poëme en cinq parties (par Du Rosoi). *Genève et Paris, Lejay*, *s. d.* (1767), in-8, titre gravé par Marillier, v. ant. marb.

239. Narcisse dans l'Isle de Vénus, poëme en quatre chants (par Malfiâltre). *Paris, Lejay, s. d.* (1769), in-8, titre gr. par Eisen et fig. de Saint-Aubin, demi-rel. velin.

   Exemplaire court de marges; timbre sur le faux-titre; petite déchirure au dernier feuillet.

240. Narcisse dans l'Isle de Vénus, poëme en quatre chants (par Malfilâtre). *Paris, Lejay, s. d.* in-8, titre gravé par Eisen et fig. de Saint-Aubin, bas. éc. dent.

   La couleur de la tranche a déteinte sur les marges de quelques figures.

241. Poésies sacrées dédiées à Monseigneur le Dauphin, sur les airs les plus analogues aux sujets tirés des anciens et des nouveaux opéras par

M. l'abbé de Lapérouse. *Paris, Saillant et Nyon*, 1770, in-8, musique gravée et notée, mar. vert, dent. tr. dor. (*Rel. anc.*)

Exemplaire aux armes du Duc de la Vrillière.

242. Fables nouvelles par M. Dorat. *La Haye et Paris*, 1773, in-8, titre et vignettes de Marillier, demi-rel. chag. vert.

243. Historiettes ou Nouvelles en vers par M. Imbert. *Amsterdam*, 1774, in-8, titre, figure et vignettes de Moreau le jeune, v. ant. éc. fil. tr. dor.

244. Les Saisons, poëme (par Saint-Lambert). *Amsterdam*, 1775, gr. in-8, fleur. et vign. de Choffard, v. ant. rac.

Les figures de Moreau manquent.

245. Essai sur les différents styles dans la poésie; poëme en quatre chants (par l'abbé Ant. de Cournand. *Paris, impr. de Monsieur*, 1780, in-48, mar. r. fil. tr. dor. (*Rel. anc.*)

246. Poésies de M. Helvetius. *Londres (Cazin)*, 1781, in-18, portr. mar. r. dos orné, fil. tr. dor. (*Rel. anc.*)

247. Le Tableau de la volupté, ou les Quatre Parties du jour, poëme en vers libres, par M. D. B. (Du Buisson). *Cythère, au Temple du Plaisir*, 1787, in-8, front. fig. vign. culs-de-lampe par Eisen, demi-rel. mar. bleu, non rog.

248. Cantiques et Pots-pourris. *Londres (Paris, Cazin)*, 1789, 6 parties en 1 vol. in-48, fig. et planches de musique gravées, mar. brun jans. tr. dor.

Recueil se composant des pièces suivantes : *La Chasteté de Susanne. — Agnès Sorel. — David et Bethzabée. — La Chasteté de Joseph. — La Pucelle d'Orléans. — Judith et Holopherne.*

249. Le Fond du sac, recueil de contes en vers (par Nogaret, Théis et l'abbé Bretin). *Rouen, Lemonnyer*, 1879, 2 vol. in-12, front. vign. br.

250. Ver-vert, poëme en quatre chants, suivi du Lutrin vivant et du Carême impromptu, par Gresset. *Paris*, 1832, in-8, fig. de Monnet, demi-rel. bas. bleue.

251. Les Quatre Heures de la toilette des dames, poëme par de Favre, orné de belles figures en taille-douce, par Leclerc. *Paris, Lemonnyer*, 1883, in-8, fig. br.

252. Œuvres de J. Delille. *Paris, Michaud, Nicolle*, 1807-1812, 18 vol. in-4, portr. fig. de Girodet, Moreau, etc. cart. non rog.

Exemplaire sur grand papier vélin.

253. Poésies de Chaulieu. *Paris, stéréotype d'Herhan (Renouard)*, 1803, in-12, mar. r. à long grain, dos orné, dent. tr. dor. (*Chilliat.*)

Exemplaire sur papier vélin.

254. Poésies complètes de C.-A. Sainte-Beuve, avec notice par A. France. *Paris, Lemerre*, 1879, 2 vol. in-12, portr. demi-rel. mar. La Vall. avec coins, tête dor.

255. Œuvres poétiques d'André Chénier, avec une notice et des notes par M. G. de Chénier. *Paris, Lemerre*, 3 vol. in-12, portr. et fac-similé, br.

256. Le Sylphe, poésies de feu Ch. Dovalle, précédées d'une préface par Victor Hugo. *Paris, Ladvocat*, 1830, in-8, dérelié.

Taches d'humidité.

257. Œuvres complètes de P.-J. de Béranger, édition ornée de 104 vignet-

tes. *Paris, Perrotin*, 1834, 4 vol. in-8, portr. fig. demi-rel. v. f. dos orné, non rog.

258. Morts bizarres, poèmes dramatiques suivis de poésies par Ernest Le Gouvé. *Paris, Fournier*, 1832, in-12, br. couverture.

 ÉDITION ORIGINALE.

259. Douze Journées de la Révolution, poème par Barthélemy. *Paris, Perrotin*, 1832, in-8. fig. demi-rel. bas. brune.

 PREMIÈRE ÉDITION, ornée de figures sur chine dessinées et gravées à l'eau-forte par Johannot et Raffet.

260. L'Oasis, par George d'Alcy. *Paris, Curmer*, 1842, in-8, vignettes, demi-rel. bas. bleue.

 Mouillures et taches.

261. Théophile Gautier. Emaux et Camées. Seconde édition. *Paris, Poulet-Malassis*, 1858, in-16, front. demi-rel. mar. La Vall. tête dor. ébarbé.

262. Les Contes rémois, par M. le comte Louis de Chevigné, dessins de E. Meissonier. Quatrième édition. *Paris, Michel Lévy*, 1861, gr. in-12, fig. chag. brun, non rog.

263. Contes, par L. Ackermann. Nouvelle édition corrigée et augmentée. *Nice, Caisson*, 1861, in-12, cart.

 Ouvrage tiré a petit nombre et non mis dans le commerce.

264. Poésies philosophiques, par L. Ackermann. *Nice, Caisson et Mignon*, 1871, in-12 de 52 pp. demi-rel. chag. brun.

265. Victor Hugo. L'Art d'être grand-père. *Paris, Société anonyme de publications périodiques*, 1884, in-4, portr. vign. br.

 Exemplaire numéroté sur PAPIER DE HOLLANDE.

266. Jean Richepin. La Chanson des Gueux. *Paris, Dreyfous*, 1885, in-4, br.

 Exemplaire auquel on a ajouté : 1° les pièces supprimées. *Londres*, 1885. in-4; 2° la suite de 1 frontispice, 1 portrait et 16 eaux-fortes; in-8 de Maurice Ridouard. *Paris, Dreyfous*, tirées in-4.

267. François Coppée. Les Mois, compositions de H. Giacomelli. *Paris, Moniteur universel, s. d.* in-fol. front. et 12 pl. en photochromie, cart. toile, tr. dor. (*Rel. défraichie.*)

268. Tiré à cent exemplaires : Vers; dessin d'Eug. Froment. *Lyon et Paris*, 1884, in-18, papier de Hollande, br. couverture.

269. Les Bêtes à Paris, 36 sonnets par Ernest d'Hervilly, illustrés par G. Fraipont. *Paris, Launette*, in-4, pl. en couleurs, cart. toile r. fers spéciaux, tr. dor.

270. Paul Déroulède. Chants du Soldat. Dessins et aquarelles de Neuville, Detaille, etc. *Paris, Calmann Lévy*, 1888, in-8, fig. br.

  3. POÈTES ITALIENS, ANGLAIS, ALLEMANDS, SANSCRITS.

271. Dante Alighieri. La Divine Comédie; traduction par M. Henri Dauphin. Publication posthume. *Paris, Armand Colin*, 1886, in-8, demi-rel. mar. r. avec coins, dos orné, fil. tête dor. ébarbé.

272. L'Enfer de Dante Alighieri, avec les dessins de Gustave Doré. Traduction

française de Pier-Angelo Fiorentino. *Paris, Hachette,* 1891, gr. in-4, port. fig. cart. perc. r. fers spéciaux.

273. Il Morgante maggiore di Luigi Pulci. *Londra,* 1768, 3 vol. in-12, portrait et titres gravés v. éc. fil. tr. dor.

274. Orlando furioso, di M. Lodovico Ariosto, nuovamente adornato di figure di rame da Girolamo Porro. *In Venetia,* 1584, pet. in-fol. à 2 col. fig. bas. ant. tr. dor. armoiries sur les plats.

> Exemplaire fatigué; titre doublé.

275. Arioste. Roland furieux, traduction par Philippon de La Madelaine, illustrations par Tony Johannot, Baron... *Paris, Morizot, s. d.* in-8, portr. fig. br.

276. Jérusalem délivrée, poème du Tasse traduit par Lebrun *Paris, Bossange, an II,* 2 vol. in-8, fig. de Gravelot, bas. ant. fil.

277. Les Nuits d'Young. Traduction de Le Tourneur. *Paris, Ledoux,* 1824, 2 vol. in-8, fig. cart. non rog.

278. Italy, a poem by Samuel Rogers. *Paris, Baudry,* 1840, in-12, fig. cart. perc. non rog. couverture.

279. Tennyson. Elaine, poème traduit de l'anglais avec 9 gravures sur acier d'après les dessins de G. Doré. *Paris, Hachette,* 1867, in-fol. fig. cart. perc. non rog.

280. Musarion, ou la Philosophie des Grâces, poème en trois chants de Wieland, traduit de l'allemand par M. de Laveaux. *Basle, Thurncysen,* 1780, pet. in-8, fig. de Saint-Quentin, demi-rel. bas.

> Taches.

281. Ramayana, poème sanscrit de Valmiri. — Bhartrihari et Tchaaura, ou la Pantchacika du second, mis en français par Hippolyte Fauche. *Paris, Franck,* 1852-1854. — Ens. 2 ouvrages en 1 vol. in-12, demi-rel. chag. violet avec coins.

III. THÉATRE

282. La Comédie grecque, par Jacques Denis. *Paris, Hachette,* 1886, 2 vol. in-8, br.

283. Théâtre des Grecs, traduit par le P. Brunoy. *Paris, Brissot-Thivars,* 1826, 16 vol. in-8, front. portr. fig. v. bleu, dos orné, dent. tr. dor.

> Exemplaire donné en prix au concours général.

---

284. Le Théâtre de P. Corneille, revu et corrigé par l'auteur. *Rouen et Paris, de Luyne,* 1664, 2 vol. in-8, front. et fig. gr. bas. (*Rel. fatiguée.*)

> Tomes I et II, avec le frontispice portant la date de 1660.
> Mouillures; cassures.

285. OEuvres de P. Corneille, avec commentaires, notes, remarques et jugements littéraires. *Paris, Ledoyen,* 1851, 12 vol. in-8, demi-rel. v. r.

286. Histoire de la vie et des ouvrages de P. Corneille, par J. Taschereau. *Paris, Mesnier,* 1829, in-8, br.

287. Œuvres complètes de Molière, avec les notes de tous les commentateurs, édition publiée par Aimé-Martin. *Paris, Lefèvre*, 1824-1826, 8 vol. in-8, portr. fig. de Desenne, demi-rel. v. brun, non rog.

288. Les Œuvres de Molière, avec notes et variantes par Alphonse Pauly, 8 vol. — Molière, sa vie et ses œuvres, par Jules Claretie, 1 vol. — *Paris, Lemerre, s. d.* — Ens. 9 vol. pet. in-12, portr. br.

    De la *Petite Bibliothèque littéraire.*

289. Œuvres complètes de Molière. Nouvelle édition, ornée de portraits en pied coloriés, précédée d'une introduction par Jules Janin. *Paris, Laplace, Sanchez, s. d.* gr. in-8, portr. color. demi-rel. chag. r. dos orné, tr. dor.

290. Histoire de la vie et des ouvrages de Molière, par M. J. Taschereau. *Paris, Hetzel*, 1844, in-12, demi-rel. chag. bleu, non rog. — Documents inédits sur J.-B. Poquelin-Molière, avec fac-similé par Em. Campardon. *Paris, Plon*, 1871, in-18, br. — Ens. 2 vol.

    On y a joint une « Description du monument de Molière », brochure in-12.

291. Les Comédies de Molière en Allemagne ; le théâtre et la critique par Auguste Ehrhard. *Paris, Lecène*, 1888, in-8, br.

292. Œuvres complètes de J. Racine, avec les notes de tous les commentateurs. Édition publiée par Aimé-Martin. *Paris, Lefèvre*, 1822, 6 vol. in-8, fig. de Desenne, demi-rel. v. gris, dos orné, non rog.

293. Œuvres choisies de Quinault. Édition stéréotype. *Paris, Didot*, 1811, 2 vol. in-12, mar. vert, dent. tr. dor. (*Petit-Simier.*)

294. Marivaux. Théâtre. *Paris, Prault*, 1728-1749, 10 plaq. in-12, cart.

    Seconde Surprise de l'Amour, 1728. — Les Serments indiscrets, 1732. — Le Triomphe de l'Amour, 1732. — La Joye imprévue, 1738. — Les Fausses Confidences, 1738. — Le Petit Maître corrigé, 1739. — Les Sincères, 1739. (2 *exemplaires*). — Le Préjugé vaincu, 1749. — La Dispute, 1749.
    Toutes ces pièces sont en ÉDITIONS ORIGINALES, sauf les deux dernières.

295. Œuvres complettes de M. de Marivaux, de l'Académie française. *Paris, veuve Duchesne*, 1781, 12 vol. in-8, portrait, v. ant. marb.

296. Œuvres de Marivaux. Théâtre complet. Nouvelle édition, précédée d'une introduction par M. Ed. Fournier. *Paris, Laplace*, 1878, gr. in-8, portr. en coul. par Bertall, demi-rel. chag. vert, plats toile, tr. dor.

297. Théâtre de M. de La Grange-Chancel. Nouvelle édition. *A Amsterdam, chez François L'Honoré*, 1746, 2 vol. in-12, front. fig. gr. br.

    Bel exemplaire entièrement NON ROGNÉ.

298. Œuvres de M. de Crébillon, de l'Académie françoise. *Paris, Impr. Royale*, 1750, 2 vol. in-4, front. v. ant. marb.

    On a ajouté à cet exemplaire la suite des figures de Marillier de l'édition de 1785, cette suite est remontée in-4.

299. Armide ; Proserpine ; tragédies ; Acis et Galatée, pastorale héroïque. Mises en musique par M. de Lully. *Paris, Ballard*, 1780-1786, 3 vol. in-fol. musique notée, bas.

300. Réponse de François Talma au mémoire de la Comédie-Française. — Justification des Comédiens français, opinion sur les chefs-d'œuvres des auteurs morts, et projet de décret portant règlement entre les auteurs dramatiques et tous les comédiens du royaume. — Réponse aux observations pour les Comédiens français. *Paris*, 1790, 3 opuscules en 1 vol. in-8, cart.

301. Théâtre : — Raynouard : les Etats de Blois, avec portr. 1814. — Lebrun :
    Marie Stuart, 1820. — G. Sand : Maitre Favilla, 1855. — A. Barthet : Théâtre
    complet, 1861. — Labiche : la Station Champbaudet, 1862. — C. Doucet :
    la Chasse aux fripons, 1846. — A. Silvestre : Myrrha, 1880. — Soulary : Un
    grand homme qu'on attend, 1879. — Ens. 8 vol. in-8 et in-12, br. et cart.
    Éditions originales.

302. Proverbes dramatiques de Carmontelle. *Paris, Delongchamps*, 1822,
    4 vol. in-8, v. rac. fil. tr. marb.

303. Gaëtana, drame en cinq actes, en prose, avec une préface inédite, par
    Edm. About. *Paris, Michel Lévy*, 1862, in-8, demi-rel. bas. grenat.
    Édition originale.

304. Le Supplice d'une femme, drame en trois actes, avec une préface, par
    Em. de Girardin. *Paris, Michel Lévy*, 1865, in-8, cart. non rog. couverture.
    Édition originale.

305. Victor Hugo, Le Roi s'amuse. *Paris, Société de publications périodiques*,
    1883, in-4, fig. en feuilles dans un carton.
    Exemplaire numéroté sur PAPIER DU JAPON, avec le tirage à part des vignettes.

306. Victor Hugo, Ruy Blas, drame en cinq actes, un portrait et quinze com-
    positions d'Adrien Moreau, gravés à l'eau-forte par Champollion. *Paris.
    Conquet*, 1889, in-4, portr. fig. mar. brun jans. dent. int. tête dor. ébarbé.
    Exemplaire sur PAPIER DU JAPON. avec la suite en deux états : avec et AVANT LA LET-
    TRE et le tirage à part des vignettes.

307. Les Deux Masques, tragédie-comédie, par Paul de Saint-Victor. Pre-
    mière série. Les Antiques. *Paris, Calmann Lévy*, 1880-82, 2 vol. in-8, br.

308. Auguste Vacquerie. Tragaldabas, édition illustrée de 54 compositions
    de Edouard Zier, gravées par F. Meaulle. *Paris, Chamerot*, 1886, in-4, fig. br.
    Exemplaire sur PAPIER DU JAPON.

309. Il Pastor fido, tragicomedia pastorale, di Battista Guarini. *Venetia, Bat-
    tista Bonfadino*, 1690, in-4, vél.
    Édition rare et recherchée.

310. Faust, tragödie von Gœthe. *Stuttgart*, 1854, 2 vol. in-fol. fig. d'Engel-
    bert Seibertz, demi-rel. chag. r. plats toile.

IV. FABLES, ROMANS ET CONTES

1. FABLES. — ROMANS GRECS

311. Esopus moralisatus ‖ cum bono cõmento. (A la fin :) *Finit Esopus fabu-
    lator preclarissimus cũ suis moralisatioib' ad nostri instructione pulcerrime
    appositis. Impressus anno salutis M.CCCC. LXXXIX decimo kalendas au-
    gusti* (1489), pet. in-4 de 22 ff. semi-goth. demi-rel.
    Incomplet du feuillet E 1 ; déchirure dans le haut de la marge du titre.

312. Les Amours pastorales de Daphnis et de Chloé, par Longus, double
    traduction du grec en français de M. Amiot et d'un anonisme mises en
    paralelle et ornées des estampes d'Audran. *Paris, imprimées pour les
    curieux*, 1757, in-4, fig. v. f. ant. fil. tr. dor.

313. Les Amours pastorales de Daphnis et Chloé, escrites en grec par Longus, et translatées en françois par Jacques Amyot. *Londres*, 1779, in-12,
fig. v. ant. rac. dent. tr. dor.

2. ROMANS FRANÇAIS

314. L'Heptaméron des nouvelles de Marguerite d'Angoulême, avec notes,
variantes et glossaire par Frédéric Dillaye. *Paris, Lemerre*, 1879, 3 vol.
pet. in-12, portr. br.

> De la *Petite Bibliothèque littéraire*.

315. Les OEuvres de M. François Rabelais, contenant cinq livres de la vie,
faicts, et dicts héroïques de Gargantua et de son fils Pantagruel. *Lyon,
Jean Martin*, 1588, in-16, vél.

316. Scarron. Le Roman comique, nouvelle édition illustrée de trois cent
cinquante compositions, par Edouard Zier. *Paris, Launette*, 1888, in-4,
front. fig. br.

317. Contes de Perrault, avec notice de Paul Lacroix, figures de Devéria,
Gigoux, C. Nanteuil, etc. *Paris, Mame*, 1836, in-8, fig. demi-rel. v.
bleu, tr. marb.

318. Les Contes de Perrault, dessins par Gustave Doré. *Paris, Hetzel*, 1876,
in-fol. fig. cart. perc. r. fers spéciaux.

319. Les Avantures de Telemaque, fils d'Ulysse, par feu messire François de
Salignac de La Motte Fénelon. *Paris, Jacques Estienne*, 1717, 2 vol. in-12,
fig. carte, v. ant. marb.

> PREMIÈRE ÉDITION COMPLÈTE du Télémaque dite édition en petits caractères, publiée
> sur le manuscrit de l'auteur par le marquis de Fénelon.

320. Les Aventures de Telemaque par Fénélon. Nouvelle édition, enrichie de
figures en taille douce. *Maestricht*, 1782, in-8, fig. v. éc. fil. tr. dor.

321. Mᵐᵉ de Tencin. Mémoires du comte de Comminges. Le Siège de Calais.
Notice et notes par M. de Lescure, eaux-fortes de Dubouchet. *Paris,
Quantin*, 1885, in-12, portr. fig. texte entouré d'un fil. r. br.

322. Mémoires du comte de Grammont par le C. Antoine Hamilton. *S. l.*
1749, 2 parties en 1 vol. in-12, v. br. fil. tr. dor.

> Cette édition a de particulier que les noms propres y sont imprimes en lettres ita-
> liques, comme dans l'édition originale.

323. Mémoires du comte de Grammont, par Antoine Hamilton, avec notices,
variantes et index, par Henri Motheau. *Paris, Lemerre*, 1876, pet. in-12,
portr. br.

324. Histoire du Chevalier des Grieux et de Manon Lescaut, par l'abbé Prevost. *Paris, Lemerre*, 1870, pet. in-12, portr. br.

> De la *Petite Bibliothèque littéraire*.

325. Les Amours du chevalier de Faublas, par J.-B. Louvet. *Paris, chez l'auteur, an VI de la République* (1798), 4 tomes en 2 vol. in-8, fig. de Monnet,
Marillier, etc; demi-rel. bas.

> De la *Petite Bibliothèque littéraire*.

326. Les Jolies Femmes du commun, ou Aventures des belles marchandes,
ouvrières, etc. de l'âge présent, recueillies par N. E. R*** D. L. B***

(Restif de La Bretonne). *Leipsick, Burchel*, 1782-83, 12 tomes en 6 vol. in-12, demi-rel. bas.

> La figure XIXe manque ; taches et petites déchirures dans les marges.

327. Nouveau Voyage sentimental, par M. de Gorgy (sous le nom d'Yorik). *Bouillon, de la Société typographique*, 1785, in-18, mar. r. fil. tr. dor. (*Rel. anc.*)

328. Paul et Virginie (par Bernardin de Saint-Pierre), dessins par de La Charlerie. *Paris, Lemerre*, 1868, in-4, texte encadré, fig. cart. toile r.

329. Bernardin de Saint-Pierre. Paul et Virginie, avec notices et notes par Anatole France. *Paris, Lemerre*, 1876, pet. in-12, portr. br.

> De la *Petite Bibliothèque littéraire*.

330. Le Rouge et le Noir, chronique du xixe siècle, par M. de Stendhal (H. Bayle). *Paris, Levavasseur*, 1831, 2 vol. in-8, demi-rel. bas. r. tr. marb.

> ÉDITION ORIGINALE. Les titres sont ornés d'une vignette d'Henry Monnier gravée sur bois par l'orret, différente à chaque volume.

331. La Semaine de Pâques, par Ferdinand Dugué. *Paris, Renduel*, 1834, in-8, demi-rel. bas.

332. Notre-Dame de Paris, par Victor Hugo. *Paris, Renduel*, 1836, in-8, fig. mar. vert, comp. à fr. fil. or, tr. dor.

> PREMIÈRE ÉDITION illustrée d'après les dessins de L. Boulanger, Alfred et Tony Johannot, Raffet, Rogier et Rouargues.

333. Soirées d'hiver. Histoires et Nouvelles, par E. de La Bedollière. *Paris, Curmer*, 1839, pet. in-8, fig. mar. bleu à long grain, tr. dor.

> Taches d'humidité.

334. La Pléïade. Ballades, fabliaux, nouvelles et légendes. *Paris, Curmer*, 1841, in-8, front. demi-rel. chag. bleu avec coins, tr. marb.

> Exemplaire du PREMIER TIRAGE, avec toutes les eaux-fortes. Taches.

335. La Chine ouverte, par Old Nick (Forgues). *Paris, Fournier*, 1845, in-8, fig. cart. toile bleue, fers spéciaux, tr. dor.

336. Le Royaume des Roses, par Arsène Houssaye, vignettes par Gérard Séguin. *Paris, Blanchard*, 1851, pet. in-8, cart. en couleurs.

> Exemplaire du PREMIER TIRAGE avec le cartonnage très frais.

337. Voyage à ma fenêtre, par Arsène Houssaye. *Paris, V. Lecou, s. d.* gr. in-8, fig. de Diaz, T. Johannot, Veyrassat, Roqueplan, etc. demi-rel. chag. grenat, ébarbé.

> Exemplaire du PREMIER TIRAGE.

338. Arsène Houssaye. Le Chien perdu et la femme fusillée. *Paris, Dentu*, 1872, 2 vol. in-8, portr. à la sanguine, br.

> ÉDITION ORIGINALE.

339. Emile Souvestre : Au bord du lac. — Pendant la Moisson. — Au Coin du feu. — Sous la Tonnelle. — *Paris, Giraud et Dagneau*, 1852-1853. — Ens. 4 vol. in-12, demi-rel. chag. violet, tr. dor.

> Les deux premiers ouvrages sont en ÉDITIONS ORIGINALES.

340. Le Roi des montagnes, par Edm. About. *Paris, Hachette*, 1857, in-12, cart. perc. non rog. couverture.

> ÉDITION ORIGINALE.

341. Alexandre Dumas fils. La Dame aux Camélias, préface de Jules Janin. Édition illustrée par Gavarni. *Paris, Havard,* 1858, gr. in-8, fig. demi-rel. bas. r. ébarbé.

342. La Mythologie du Rhin, par X.-B. Saintine, illustrée par Gustave Doré. *Paris, Hachette,* 1862, in-8, fig. cart. toile r. dent. tr. dor.

> Exemplaire du PREMIER TIRAGE.

343. Jules Noriac. Le 101e Régiment, illustré par Armand Dumarescq, G. Janet etc. *Paris, Michel Lévy,* 1863, in-8 carré, br.

> La couverture porte : Troisième édition illustrée.

344. La Légende de Croquemitaine, recueillie par Em. L'Epine, illustrée par Gustave Doré. *Paris, Hachette,* 1863, pet. in-4, cart. perc. tr. dor.

> ÉDITION ORIGINALE.

345. Edm. et J. de Goncourt. Romans. *Paris, Charpentier,* 1864-1882, 6 vol. in-12, br.

> Renée Mauperin (ÉDITION ORIGINALE). — Germinie Lacerteux. — Mme Gervaisais. — La Du Barry. — Les Frères Zemganno. — La Faustin.

346. La Chambre bleue, nouvelle dediée à Mme de La Rhune (par Prosper Mérimée). *Bruxelles,* 1872, in-8, br.

> ÉDITION ORIGINALE de cette nouvelle écrite pour l'Impératrice Eugénie.

347. Catulle Mendès. Hespérus, poème swedenborgien, avec un dessin de Gustave Doré gravé à l'eau-forte. *Paris, Jouaust,* 1872, pet. in-8 de 50 pp. front. cart. non rog. couverture.

348. Chroniques du temps passé. Le Conte de l'Archer, par Armand Silvestre, aquarelles de A. Poirson, gravées par Gillot. *Paris, Lahure,* 1883, in-8, fig. br.

349. Perdue, par Henry Gréville ; illustrations de Fréd. Régamey. *Paris, Plon,* 1884, in-8, fig. br.

350. Alphonse Daudet, Tartarin sur les Alpes, illustré d'aquarelles. *Paris, Calmann Lévy,* 1885, in-8, fig. noires et color. br.

351. Alphonse Daudet. Robert Helmont, dessins et aquarelles de Picard et Montégut. *Paris, Dentu,* 1888, in-8, fig. noires et color. br.

352. Journal d'un officier malgré lui, par Théo-Chritt (Théodore Cahu). *Paris, Hurtrel,* 1887, pet. in-12, carré, fig. et vign. à l'eau-forte, cart. artistique fers spéciaux, non rog.

> Un des 15 exemplaires sur PAPIER DU JAPON.

353. Ludovic Halévy. L'Abbé Constantin, illustré par Mme Madeleine Lemaire. *Paris, Boussod Valadon,* 1887, in-4, fig. pl. en photogravure, mar brun, dent. int. tête dor. ébarbé.

354. George Sand. François le Champi, dessins et aquarelles d'Eug. Burnand, gravure de Guillaume frères. *Paris, Calmann Lévy,* 1888, in-8, fig. br.

355. Les Contes de ma campagne, par le marquis G. de Cherville, ouvrage illustré de nombreuses gravures sur bois et de 8 planches en couleurs. *Paris, Firmin Didot,* 1891, gr. in-8, fig. br.

356. L'Argent, par Émile Zola. *Paris, Charpentier,* 1891, in-12, br.

> ÉDITION ORIGINALE.

357. Œuvres de Jules Verne. *Paris, Hetzel, s. d.* 13 vol. in-8, demi-rel. chag. brun, tr. jaspée.

Cinq semaines en ballon. — Le Pays des fourrures. — Voyages et Aventures du capitaine Hatteras. — De la Terre à la lune. — Les Enfants du capitaine Grant. — Hector Servadac. — L'Ile mystérieuse. — Les Indes noires, le Chancellor. — Une Ville flottante, les Forceurs de blocus. Aventures de trois Russes et de trois Anglais. — Michel Strogoff (2 exemplaires). — Découverte de la terre. — Un Capitaine de quinze ans. (Ces deux derniers volumes sont brochés.)

358. PAUL HERVIEU, Flirt, illustré par Mme Madeleine Lemaire. *Paris, Boussod Valadon,* 1890, in-4, fig. en feuilles dans 2 cartons.

Exemplaire numéroté sur PAPIER DU JAPON avec triple suite d'épreuves AVANT LA LETTRE : 1° suite imprimée en camaïeu sur SATIN CRÈME; 2° en camaïeu sur PAPIER WHATMANN; 3° en bistre sur PAPIER DU JAPON. Le faux-titre porte une AQUARELLE ORIGINALE signée MADELEINE LEMAIRE.

359. La Ville de Mirmont. Contes mythologiques. *Paris, Hachette,* 1891, gr. in-8, fig. br.

3. ROMANS ESPAGNOLS, ANGLAIS, ALLEMANDS, ORIENTAUX

360. El ingenioso hidalgo Don Quixote de la Mancha, compuesto por Miguel de Cervantes Saavedra. Nueva edicion, corregida por la Real Academia Española. *Madrid, Ibarra,* 1780, 4 vol. in-4, fig. par Carnicero, etc. bas. ant. gran. fil.

361. L'ingénieux hidalgo Don Quichotte de la Manche, par Miguel de Cervantes Saavedra, traduit et annoté par L. Viardot, vignettes de Tony Johannot. *Paris, Dubochet,* 1845, gr. in-8, fig. cart. perc. bleue, fers spéciaux sur les plats, non rog.

362. L'ingénieux hidalgo Don Quichotte de la Manche, par Michel de Cervantès Saavedra, traduction de Louis Viardot, avec 370 compositions de Gustave Doré. *Paris, Hachette,* 1869, 2 tomes en 1 vol. in-4, fig. demi-rel. chag. brun, dos orné, tr. dor.

363. Nouvelles espagnolles de Michel de Cervantes, traduction par M. Lefébure de Villebrune. *Paris, Defer de Maisonneuve,* 1788, 2 vol. in-8, bas.

---

364. Oliver Goldsmith. Le Vicaire de Wakefield. Traduction nouvelle et complète par Gausseron. *Paris, Quantin, s. d.* gr. in-8, fig. à l'aquarelle, br.

365. Le Vicaire de Wakefield, par Goldsmith, traduit avec le texte en regard par Ch. Nodier. *Paris, Bourgueleret,* 1838, in-8, fig. chag. r. tr. dor.

Exemplaire fatigué.

366. Œuvres de J.-F. Cooper, traduites par A.-J.-B. Defauconpret. *Paris, Furne, Perrotin,* 1830-1850, 30 vol. in-8, br.

Incomplet des tomes XXVII, XXIX et XXX.

367. Edgar Poë : Histoires extraordinaires. — Nouvelles Histoires extraordinaires. — Aventures d'Arthur Gardon Pym. (Traductions de Charles Baudelaire.) — *Paris, Lévy,* 1867-1869. — Ens. 3 vol. in-12, demi-rel. chag. brun ou r.

---

368. Sal. Gessners, Schriften. *Zurick,* 1770-72, 5 parties en 3 vol. pet. in-12, fig. demi-rel. bas. r.

369. Werther, par Goethe, traduction de Pierre Leroux, dix eaux-fortes de
     T. Johannot. *Paris, Hetzel*, 1845, gr. in-8, fig. sur chine, cart. fers spé-
     ciaux, non rog.

370. Werther, par Goethe, traduction précédée de considérations sur Wer-
     ther, par Pierre Leroux, dix eaux-fortes par Tony Johannot. *Paris, Hetzel*,
     1845, in-8, fig. demi-rel. chag. vert, dos orné, tr. dor.

371. Complete original edition of the surprising travels and adventures of
     baron Munchausen. *London*, 1819, pet. in-8, 40 planches, demi-rel. mar.
     vert.

372. Contes fantastiques de E.-T.-A. Hoffmann, tradution par Henry Egmont;
     ornée de vignettes de Camille Rogier. *Paris, Camuzeaux*, 1836, 4 tomes
     en 2 vol. in-8, fig. demi-rel. bas. r.

373. Les Mille et un Jours, contes persans, turcs et chinois, traduits par
     Petit de La Croix, etc. *Paris, Pourrat*, 1844, in-8, titre enluminé et fig.
     demi-rel. bas. violette.

V. FACÉTIES. — DISSERTATIONS SINGULIÈRES. —

CRITIQUES. — SATIRES. — PENSÉES. — ÉPISTOLAIRES

374. Les Bigarrures du Seigneur des Accords (Tabourot). *Paris, Jehan Ri-
     cher*, 1583, in-16, vél.

> PREMIÈRE ÉDITION sous cette date de 219 feuillets.
> Incomplet du feuillet 175. Titre doublé, mouillures, piqûres de vers.

375. Œuvres complètes de Tabarin, précédée d'une introduction et d'une
     bibliographie tabarinique par G. Aventin. *Paris, Jannet*, 1858, 2 vol.
     in-16, perc. r. non rog.

376. Histoire comique par M. de Cyrano Bergerac, contenant les estat et
     empires de la lune. *Lyon, Fourmy*, 1652, in-12, vél.

377. L'Éloge de la folie, traduit du latin d'Érasme par M. Gueudeville. *S. l.*
     1757, in-12, fig. d'Eisen, v. ant. marb.

378. L'Éloge de la folie composé en forme de déclamation par Érasme;
     traduction nouvelle par Emmanuel des Essarts; 81 eaux-fortes d'après
     les dessins d'Holbein, un frontispice de Worms et un portrait de l'au-
     teur gravés par Champollion. *Paris, Arnaud*, 1877, in-8, fig. br.

379. Alphabet de l'imperfection et malice des femmes, par Jacq. Olivier.
     Paris, Barraud, 1876, in-8, papier de Hollande, fig. cart. perc. non rog.

380. Le Triomphe du sexe. Ouvrage dans lequel on démontre que les
     femmes sont en tout égales aux hommes. On y examine les avantages
     de leur commerce, et quel doit être l'amour réciproque des deux sexes,
     par M. D... (l'abbé J.-A.-T. Dinouard). *Amsterdam (Arras), Ignace Racon*,
     1749, in-12, demi-rel. chag. r. tête dor. ébarbé.

381. Les Quinze Joyes du mariage. Nouvelle édition, avec variantes et notes. *Paris, Jannet*, 1853, in-18, cart. perc. non rog.

382 Petites Misères de la vie conjugale par M. de Balzac, illustrées par Bertall. *Paris, Chlendowski, s. d.* gr. in-8, fig. et planches hors texte, demi-rel. bas. r.

Exemplaire fatigué.

383. Les Femmes de Paul de Kock, par Beauvallet. Édition illustrée, dessins de Castelli, Gerlier et Lix. *Paris, Charlieu, s. d.* in-4 à 2 col. fig. br.

Exemplaire sur PAPIER JONQUILLE.

384. Les Quinze Livres des Deipnosophistes d'Athénée, traduit (par l'abbé Michel de Marolles). *Paris, Langlois*, 1680, in-4, v. f. ant. dos orné, fil. tr. dor.

Exemplaire avec les armes de LONGEPIERRE sur le dos et aux angles des plats de la reliure.

385. Lycée, ou Cours de littérature ancienne et moderne, par J.-F. Laharpe. *Paris, Agasse, an VII-XIII*, 16 vol. in-8, v. ant. rac. dent.

386. Petrone latin et françois, traduction entière, suivant le manuscrit trouvé à Belgrade en 1688. avec plusieurs remarques et additions (par Fr. Nodot). *S. l.* 1713, 2 vol. pet. in-8, fig. v. ant. granit.

387. Apologie pour Hérodote, avec les Remarques de Le Duchat. *La Haye, Scheurleer*, 1735, 2 tomes en 3 vol. in-12, front. gr. v. ant. marb. fil. tr. marb.

388. Le Sottisier de Voltaire, publié avec une préface par Léouzon Le Duc. *Paris, Librairie des Bibliophiles*, 1880, in-8, portr. br.

Exemplaire numéroté sur PAPIER WHATMAN.

389. Recueil de pensées choisies (par Dornier). *S. l. (Besançon)*, 1816, in-18 de 73 et 8 pp. mar. vert à long grain, dos orné, fil. et dent. à fr. non rog. (*Simier.*)

Ce volume, imprimé par l'auteur lui-même, a été tiré à 20 exemplaires, qui n'ont pas été mis dans le commerce.
Exemplaire provenant de la bibliothèque de M. G. DE PIXERÉCOURT.

390. Correspondance de Louise de Coligny, princesse d'Orange (1555-1620), recueillie par P. Marchegay, publiée avec introduction biographique par L. Marlet. *Paris, Doix et Picard*, 1887, in-8, br.

391. Correspondance de Mᵐᵉ de Pompadour, publiée par A.-P. Malassis. *Paris, Baur*, 1878, in-8, portr. br.

Exemplaire sur PAPIER CARRÉ VERGÉ avec épreuve des portraits avec et AVANT LA LETTRE.

392. Lettres d'Eugène Delacroix, publiées par Ph. Burty. *Paris, Charpentier*, 1880, 2 vol. in-12, br.

393. Mérimée. Lettres à M. Panizzi, 1850-1870, publiées par M. L. Fagan. *Paris, C. Lévy*, 1881, 2 vol. in-8, portr. br.

394. Lettres de lord Chesterfield à son fils Philippe Stanhope, traduites par Amédée Renée. *Paris, Labitte*, 1842, 2 vol. in-12, demi-rel. bas.

VI. POLYGRAPHES

395. Lucien, de la traduction de M. Perrot d'Ablancourt, avec des remarques sur la traduction. *Amsterdam, Mortier*, 1709, 2 vol. in-12, fig. v. ant. marb.

396. Les Œuvres de Monsieur Sarazin. *Paris, Bilaine*, 1663, in-12, portr. bas.

397. Cyrano de Bergerac. Œuvres comiques, galantes et littéraires. — Histoire comique de la lune et du soleil. *Paris, Delahays*, 1858, 2 vol. in-16, cart. perc. verte, non rog.

398. Œuvres de La Fontaine. Nouvelle édition, revue par Walckenaer. *Paris, Lefèvre*, 1827, 6 vol. in-8, portr. demi-rel. v. bleu, dos orné, non rog.

   De la *Collection des classiques français*. Piqûres d'humidité.

399. Les Œuvres postumes de Monsieur de La Fontaine (publié par Madame Ulrich). *Paris, Pohier*, 1696, in-12, v. granit.

   Ce volume renferme *sept fables*, le conte du *Quiproquo*, des lettres et autres pièces inédites ou publiées seulement dans les recueils de Hollande.

400. Œuvres de Montesquieu, suivies du commentaire sur l'Esprit des lois, par le comte Destutt de Tracy. *Paris, Dalibon*, 1822, 8 vol. portr. demi-rel. v. f. avec coins.

401. Œuvres du comte Antoine Hamilton. *Paris, Renouard*, 1812, 3 vol. in-8, fig. de Moreau, demi-rel. v. brun. dos orné, tr. marb.

402. Œuvres de Lesage, avec notices et notes de P.-Malassis, Anatole France, Dillaye. *Paris, Lemerre*, 1878-1879, 7 vol. pet. in-12, portr. br.

   Gil Blas, 4 vol. — Diable boiteux, 2 vol. — Théâtre, 1 vol.
   De la *Petite Bibliothèque littéraire*.

403. Œuvres choisies de l'abbé Prévost, avec figures. *Amsterdam et Paris*, 1783-1785, 39 vol. in-8, portr. fig. de Marillier, v. ant. marb.

404. Œuvres complettes de M. de Saint-Foix. *Paris, Vve Duchesne*, 1778, 6 vol. in-8, portr. front. de Marillier, v. ant. marb.

405. Œuvres complètes de Voltaire. *Paris, Renouard*, 1819-1825, 66 vol. in-8, demi-rel. v. f.

406. Voltaire. Œuvres complètes, 69 vol. — Lettres inédites, 1 vol. — *Paris, Dupont*, 1825. — Ens. 70 vol. in-8, demi-rel. v. brun, dos orné, non rog.

407. Œuvres complètes de Voltaire, édition dédiée aux amateurs de l'art typographique. *Paris, Jules Didot*, 1827, 4 vol. in-8 à 2 col. demi-rel. v. bleu, dos orné, non rog.

   Edition compacte.

408. Œuvres de Voltaire, avec notices, notes et variantes par Frédéric Dillaye. Romans. *Paris, Lemerre*, 1877-1879, 3 vol. pet. in-12, portr. br.

   De la *Petite Bibliothèque littéraire*.

409. Œuvres de J.-J. Rousseau. *Paris, Lequien*, 1821, 21 vol. in-8, portr. demi-rel. v. vert, dos orné.

410. Œuvres complètes de J.-J. Rousseau, avec des éclaircissements et des
notes historiques, par P.-R. Auguis. *Paris, Dalibon*, 1825, 27 vol. in-8, br.

411. Œuvres de J.-J. Rousseau, avec des notes historiques et critiques,
augmentées d'un appendice aux Confessions, par Mussay Pathay. *Paris,
Werdet et Lequien*, 1827, 20 vol. in-8, portr. fig. demi-rel. v. f. dos orné.

412. Œuvres de Monsieur de Saint-Marc. *Genève et Paris*, 1775, in-8, front.
portr. fig. et vignettes gr. bas.

413. Œuvres complètes de Thomas, précédées d'une notice, par Garat.
Paris, Firmin-Didot, 1822, 6 vol. in-8, v. vert.

414. Florian. Œuvres, 8 vol. — Œuvres posthumes et inédites, 4 vol. —
Œuvres inédites, 1 vol. — *Paris, Briand*, 1823-1824. — Ens. 13 vol. in-8,
portr. 24 fig. demi-rel. bas. brune.

415. Collection complète des Pamphlets politiques et Opuscules littéraires
de P.-L. Courier. *Bruxelles*, 1826, in-8, portrait, demi-rel. v. brun,
non rog.

416. Œuvres complètes de Chateaubriand. *Paris, Furne*, 1832, 20 vol. in-8,
portr. demi-rel. v. r. dos orné, non rog.

417. Vacquerie (Aug.): Demi-teintes. *Paris, Garnier*, 1845, in-12, br. — Profils
et Grimaces. *Paris, Lévy*, 1856, in-12, cart. perc. non rog. couverture. —
Les Miettes de l'histoire. *Paris, Pagnerre*, 1863, in-12, br. — Ens. 3 vol.
Les deux premiers ouvrages sont en ÉDITIONS ORIGINALES. Le premier contient un
envoi autographe de l'auteur.

418. L. Gautier : L'idée religieuse dans la poésie épique du moyen âge. —
Cours d'histoire de la poésie latine au moyen âge. — Le Musée des
Archives. — *Paris, Palmé*, 1865-1868, 3 br. in-8, papier de Hollande.

419. E. Caro. Mélanges et Portraits. — Philosophie et Philosophes. —
— Poètes et Romanciers. — Variétés littéraires. — George Sand, avec
portrait. — *Paris, Hachette*, 1887-1889. — Ens. 6 vol. in-12, br.

420. Histoire littéraire, 10 vol. in-12, br.
Goncourt, Sophie Arnould. — Sarcey, le Mot et la Chose. — Montégut, Heures de critique. — Cochin, Boccace. — Lenient, la Poésie patriotique, etc.

421. Petite Bibliothèque littéraire, auteurs contemporains. *Paris, Lemerre*,
1874-1880, 12 vol. pet. in-12, portr. br.
Chateaubriand, Atala, 1 vol. — Chénier, Œuvres poétiques, 3 vol. — Victor Hugo,
l'Année terrible, 1 vol. — Laprade, Œuvres poétiques, 3 vol. — Xavier de Maistre,
Premiers Essais, 2 vol.; Voyage autour de ma chambre, 1 vol. — Theuriet, Poésies, 1 vol.

422. Œuvres de Walter Scott, traduction de A.-J.-B. Defauconpret. *Paris,
Furne*, 1835, 30 vol. in-8, portr. front. fig. demi-rel. v. brun.

HISTOIRE

I. GÉOGRAPHIE

423. Cosmographiæ introductio, cum quibusdam geometriæ ac astronomiæ principiis ad eam rem necessariis. (A la fin :) *Venetiis, per H. Antonium de Nicolinis de Sabio*, 1535, pet. in-8 de 32 ff. car. italiques, fig. sur bois, demi-rel. bas. r.

Il est parlé dans ce traité d'Americo Vesputio.

424. Précis de la Géographie universelle, par Malte-Brun, 4e édition. *Paris, André*, 1836, 12 vol. in-8 et atlas in-fol. demi-rel. bas. avec coins.

425. Nouveau Dictionnaire de géographie universelle, par Vivien de Saint-Martin. *Paris, Hachette*, 1877-1883, 21 livr. in-4 à 3 col.

Livraison I à XXI. Manque la livraison XIX.

426. Nouvelle Géographie universelle, par Elisée Reclus. *Paris, Hachette*, 1885, gr. in-8, cartes noires et color. fig. demi-rel. chag. r. fers spéciaux, tr. dor.

Tomes II. La France.

427. Atlas antiquus, zwölf Karten zur alten Geschichte entworfen und bearbeitet von H. Kiepert. *Berlin, Reimer*, 1882, pet. in-fol. cart. toile verte.

428. Auswahl aus dem neuen Hand-Atlas, von Heinrich Kiepert. *Berlin, Reimer*, 1879-1885, in-fol. 18 cartes, cart. toile.

429. Neuer Hand-Atlas, entworfen und bearbeitet von Heinrich Kiepert. *Berlin, Reimer*, 1876-1887, in-fol. 45 cartes, demi-rel. chag. vert.

430. E. von Sydow's methodischer Hand-Atlas für das wissenschaftliches Studium der Erdkunde. *Gotha, Justus Perthes*, s. d. in-fol. 44 cartes col. cart. toile verte.

431. La France et ses colonies, atlas illustré, cent cartes dressées par Vuillemin, texte par Poirée. *Paris, Migeon*, s. d. gr. in-4, cartes, demi-rel. bas. verte.

432. Richard Kiepert's stumme physikalische Wandkarte von Frankreich, 4 feuilles collées sur toile. — Politische Wandkarte von Frankreich, 4 feuilles colées sur toile. — *Berlin, Reimer*, 1881. — Ens. 2 cartes pliées in-4, dans 2 cartons.

II. VOYAGES

433. Voyages : Articles concernant des voyages, extraits de la *Revue des Deux Mondes* et signés Taine, X. Marmier, Blaze de Bury, Ebelot, Lindau, Jacobs, Lavollée, Reclus, etc. *Paris*, s. d. 2 gros vol. in-8, demi-rel. chag. vert.

434. Voyages : De Bovet. Trois mois en Irlande, avec fig. — Verschuur. Aux Antipodes, avec fig. — X. Marmier. De l'Est à l'Ouest. — Ch. Didier. 500 lieues sur le Nil. — Stanley. La Délivrance d'Emin-Pacha. — Bishop. En canot de papier, avec fig. etc. — Ens. 8 vol. in-12, br.

435. Voyage pittoresque en Espagne, en Portugal et sur la côte d'Afrique, de Tanger à Tétouan, par le baron J. Taylor. *Paris, Lemaitre*, 1860, 3 vol. in-4, dont 2 de pl. gr. cart. non rog.

436. Du Spitzberg au Sahara, étapes d'un naturaliste par Charles Martins. *Paris, Baillière*, 1866, in-8, cart.

437. Nouveaux Voyages en zigzag, par R. Topffer, illustrés d'après les dessins originaux de Topffer par Calame, K. Girardet, Francais, d'Aubigny, etc. *Paris, Lecou*, 1854, gr. in-8, fig. et planches hors texte, demi-rel. bas. r.

   Exemplaire fatigué, tâches.

438. Voyage pittoresque en Italie, illustrations de **MM.** Rouargue frères. *Paris, Morizot, s. d.* 2 vol. in-8, fig. demi-rel. chag. grenat, plats toile, tr. dor.

   Parties septentrionale et méridionale.

439. La Méditerranée, ses îles et ses bords, par Louis Enault, illustrations de Rouargue. *Paris, Morizot*, 1863, in-8, fig. br.

440. Trente-deux ans à travers l'Islam (1832-1864), par Léon Roches. *Paris, Firmin-Didot*, 1884-1885, 2 vol. in-8, portr. br.

441. Damas et le Liban. Extraits du journal d'un voyage en Syrie au printemps de 1860 (par le comte de Paris). *Londres, Jeffs*, 1861, in-8, cart. toile, non rog.

442. Jules Borelli. Éthiopie méridionale. Journal de mon voyage aux pays Amhara, Oromo et Sidama (1885-1888). *Paris, Quantin*, 1890, in-4, fig. br.

443. Correspondance de Victor Jacquemont pendant son voyage dans l'Inde. *Paris, Fournier*, 1833, 2 vol. in-8, demi-rel. v. brun.

444. Gabriel Bonvalot. Du Caucase aux Indes à travers le Pamir, ouvrage orné de 250 dessins et croquis par Albert Pepin. *Paris, Plon*, 1889, gr. in-8, fig. br.

445. P. Piassetsky. Voyage à travers la Mongolie et la Chine; traduit du russe par Aug. Kuscinski et contenant 90 gravures d'après les croquis de l'auteur et une carte. *Paris, Hachette*, 1883, gr. in-8, portr. fig. br.

446. Explorations du Zambèse et de ses affluents et découverte des lacs Chiroua et Nyassa, par David et Charles Livingstone, 1858-1864, traduit de l'anglais par Mme H. Loreau; contenant 47 gravures et 4 cartes. *Paris, Hachette*, 1866, in-8, fig. demi-rel. chag. vert, plats toile.

447. H. M. Stanley. Dans les Ténèbres de l'Afrique, traduit de l'anglais. *Paris, Hachette*, 1890, 2 vol. gr. in-8, portr. fig. et cartes, br.

448. Henri M. Stanley. A travers le continent mystérieux, ouvrage traduit de l'anglais par Mme H. Loreau et contenant 9 cartes et 150 gravures, 2. vol. — Emin-Pacha et le rébellion à l'équateur, par A.-J. Mounteney Jephson et Stanley, traduit de l'anglais et contenant 47 gravures et une carte, 1 vol. — *Paris, Hachette*, 1879 et 1891. — Ens. 3 vol. in-8, fig. br.

449. Voyage à travers l'Amérique du Sud, de l'océan Pacifique à l'océan Atlantique, par Paul Marcoy, illustré de 626 vues, types et paysages par E. Riou, et accompagné de 20 cartes. *Paris, Hachette*, 1869, 2 vol. gr. in-4, fig. cartes, demi-rel. mar. r. avec coins, tête dor. ébarbé.

   Quelques feuillets sont intervertis.

III. HISTOIRE DES RELIGIONS

450. Christianisme et Civilisation, par M. l'abbé A. Sénac. *Paris, Hachette,* 1865, 2 vol. in-8, demi-rel. chag. r.

451. Mémoires pour servir à l'histoire de Port-Royal, par M. Fontaine. *A Cologne, aux dépens de la Compagnie,* 1738, 2 vol. in-12, fleur. répété sur les titres, vélin.

452. Essai sur les énervés de Jumièges, publié d'après un manuscrit du xiv⁰ siècle par Hy. Langlois. — Histoire de l'abbaye royale de Jumièges, par C. A. Deshayes. — *Rouen,* 1829-38, 2 vol. in-8, pl. br.

453. La Chartreuse de Notre-Dame-des-Prés à Neuville sous Montreuil-sur-Mer, par l'abbé F.-A. Lefebure. *Paris, Bray et Retaux,* 1881, in-8, fig. demi-rel. chag. r. avec coins, tête dor. ébarbé.

454. Notre-Dame de Lourdes, par Henri Lasserre. Édition illustrée d'enca-drements variés à chaque page et de chromolithographies. *Paris, Palmé,* 1877, gr. in-8, demi-rel. chag. r. plats toile, fers spéciaux, tr. dor.

455. Histoire de la Papesse Jeanne fidèlement tirée de la dissertation latine de M. de Spanheim (par Jacq. Lenfant). *La Haye,* 1736, 2 tomes en 1 vol. in-12, fig. v. ant. gran.

456. Les Evêques et les archevêques de France depuis 1682 jusqu'à 1801, par L. P. Armand Jean. *Paris et Mamers,* 1891. — Les élections épisco-pales dans l'Église de France du ix⁰ au xii⁰ siècle, par P. Imbart de La Tour. — *Paris, Hachette,* 1891. — Ens. 2 vol. in-8, br.

457. Bernard de Montfaucon et les Bernardins, 1715-1750, par Emmanuel de Broglie. *Paris, Plon,* 1891, 2 vol. in-8, br.

458. Les Actes des martyrs depuis l'origine de l'Église chrétienne jusqu'à nos temps, traduits et publiés par les RR. PP. Bénédictins de la congré-gation de France. *Paris, Leday,* 1890, 4 vol. in-8, br.

459. La Légende de sainte Ursule… d'après les tableaux de l'église Sainte-Ursule à Cologne, reproduits en chromolithographie, publiées par F. Kel-lerhoven, texte par J.-B. Dutron. *Paris, s. d.* in-4, texte encadré, chro-molithog. demi-rel. mar. bleu avec coins, tête dor. ébarbé.

460. Justi Lipsi de Cruce libri tres, ad sacram profanamque historiam utiles. Una cum notis. *Antuerpiae, ex officina Plantiniana,* 1594, pet. in-fol. fig. vél.

> Fortes piqûres de vers.

461. Un Réformateur catholique à la fin du xv⁰ siècle. Jean Geiler de Kaysers-berg, prédicateur à la cathédrale de Strasbourg, 1478-1510. Etude sur sa vie et son temps par l'abbé L. Dacheux. *Paris, Strasbourg,* 1876, in-8, port. br.

462. La Mythologie et les fables expliquées par l'histoire, par l'abbé Banier. *Paris, Briasson,* 1738-1740, 3 vol. in-4, mar. r. dos orné, fil. tr. dor. (Rel. anc.)

> Bel exemplaire.

463. La Fin du Paganisme, étude sur les dernières luttes religieuses en
Occident au ive siècle, par Gaston Boissier. *Paris, Hachette*, 1891, 2 vol.
in-8, br.

IV. HISTOIRE ANCIENNE

464. Histoire ancienne de l'Orient, jusqu'aux guerres médiques, par François Lenormant. *Paris, A. Lévy*, 1881-1883, 3 vol. gr. in-8, fig. noires et
color. demi-rel. chag. grenat, tête dor. ébarbé.

465. L'Abbé Fleury. Mœurs des Israëlites. — Mœurs des Chrétiens. — *Paris,
Herissant*, 1754. - - Ens. 2 vol. in-12, mar. noir jans. tr. dor. (*Rel. anc.
unif.*)

466. Crispi Salustii, de Cōjuratione Catilinæ et Bello jugurtino... Venalia
Mediolani, apud Lignanos fratres. (A la fin :) *Ex officina Minuciana Mccccc
xvii* (1517), in-fol. car. ronds, 100 ff. chiff. et 2 ff. de tables, v. brun comp.
à fr. (*Rel. de l'époque, fatiguèe.*)

467. Histoire des grands chemins de l'Empire romain par Nicolas Bergier.
Paris, Morel, 1622, in-4, front. mar. r. dos orné, comp. tr. dor. (*Du
Seuil.*)

> Bel exemplaire réglé.

468. Histoire de l'Empire de Constantinople sous les Empereurs françois
par Geoffroy de Ville-Hardouin, avec la suite de cette histoire jusqu'en
1240, tirée du manuscrit de Philippe Mouskes (avec des observations
faites par Charles du Fresne du Cange). *Paris, Impr. royale*, 1657, in-fol.
bas.

> Taches.

469. La Conquête de Constantinople, par Geoffroi de Ville-Hardouin, avec la
continuation de Henri de Valenciennes, texte original, accompagné
d'une traduction par M. Natalis de Wailly. *Paris, Firmin-Didot*, 1872, gr.
in-8, cart. non rog.

V. HISTOIRE MODERNE

1. EUROPE

470. Recueil des historiens des croisades. Historiens occidentaux. Publié par
l'Académie royale des inscriptions et belles-lettres. *Paris, Imprimerie
royale*, 1844-1866, 3 tomes en 4 vol. in-fol. cart. et br.

> Tomes I à IV.

471. Mœurs, Usages et Costumes au moyen-âge et à l'époque de la Renaissance, par Paul Lacroix. *Paris, Firmin-Didot*, 1877, gr. in-8, fig. noires et
color. br.

> Exemplaire numéroté sur PAPIER A LA FORME.

472. Sciences et lettres au moyen-âge et à l'époque de la Renaissance, par
P. Lacroix. *Paris, Firmin-Didot*, 1877, gr. in-8, fig. sur bois et planches
en chromolith. br.

2. HISTOIRE DE FRANCE

A. *Histoire générale et particulière.*

473. Dictionnaire géographique... de toutes les communes de la France, illustré de 100 gravures, de costumes coloriés, plans et armes des villes, par A. Girault de Saint-Fargeau. *Paris, Didot, Dutertre,* 1846-1851, 4 vol. in-4, dont 1 de pl. noires et color. demi-rel. chag. bleu.

474. Les Rivières de France, avec un dénombrement des villes, ponts, passages, batailles qui ont esté données sur leurs rivages, etc. par le sieur Coulon. *Paris, Clousier,* 1644, 2 vol. in-8, br.

> Le volume de la seconde partie est plus court de marges que celui de la première.

475. Histoire de France représentée par figures gravées par F.-A. David, accompagnées de discours par Guyot. Sylvain Maréchal. *Paris,* 1787-1796, 5 vol. in-4, fig. v. rac. dos orné, dent.

476. Histoire de France depuis les Gaulois jusqu'à la mort de Louis XVI par Anquetil, continuée par Léonard Gallois. *Paris, Jubin,* 1829-1831, 16 vol. in-8 dont 1 de portr. pl. cartes, demi-rel. v. violet.

477. Histoire de France depuis les temps les plus reculés jusqu'en 1789, par Henri Martin. *Paris, Furne,* 1838-1854, 19 vol. in-8, portr. fig. br.

478. L'Histoire de France depuis les temps les plus reculés jusqu'en 1789, par Guizot. *Paris, Hachette,* 1875-1876, 5 vol. gr. in-8, fig. demi-rel. chag. r. fers spéciaux, tr. dor.

479. TABLE CHRONOLOGIQUE DES DIPLOMES, chartes, titres et actes imprimés concernant l'Histoire de France, par de Brequigny, continuée par Pardessus et Laboulaye. *Paris, Imprimerie royale,* 1769-1863, 7 vol. — Diplomata, chartæ, epistolæ, leges aliaque instrumenta ad res gallo-francicas spectantia... edidit J. M. Pardessus. *Paris,* 1843-1849, 2 vol. — Ens. 9 vol. in-fol. demi-rel. chag. noir, non rog.

> Le 7e volume de la *Table chronologique* est broché.

480. Recueil des roys de France, leurs Couronne et Maison, ensemble le rang des Grands de France, par Jean du Tillet, sieur de La Bussière. *Paris, Mettayer,* 1602, 4 parties en 1 vol. in-4, vélin.

481. Les Chroniques de sire Jean Froissart, avec notes, éclaircissements, par Buchon. *Paris, Desrez,* 1835, 3 vol. in-8 à 2 col. demi-rel. chag. r. avec coins, tête dor. ébarbée. (*Koehler.*)

> De la collection du *Panthéon littéraire.*

482. LE PREMIER (second et tiers) VOLUME DE ENGUERRAN DE MONSTRELLET. Ensuyvät Froissart. (A la fin :) ❡ *Cy finist le tiers volume de Enguerrant de Monstrelet avec les grandes croniques des roys de France Löys xi de ce nõ et Charles viii son filz... L'an de Grace mil v cens et douze le iiii iour de décembre pour Iehan Petit et Michel le noir libraires jurez en luniversité de Paris demourant à la grant rue Sainct Iaques* (1512), 3 tomes en 2 vol. in-fol. à 2 col. cart. goth. lettres ornées, v. brun. (*Rel. de l'époque.*)

> Bon exemplaire de cette édition rare et recherchée.

483. Instructions de Saint Louis, roi de France, à sa famille, aux personnes de sa cour et autres, publiées par M. l'abbé de Villiers. *Paris, Lottin,* 1766, in-12, fig. mar. r. fleuron sur les plats, fil. tr. dor. (*Rel. anc.*)

484. Cronique et hystoire faicte et cōposée par messire Philippe de Comi-
   nes... contenant les choses advenues durant le regne du roy Loys un-
   ziesme... (A la fin :) *Et fut achevée dimprimer le septiesme iour du moys
   de Septembre Lan mil cinq cens xxiiii par Anthoine Couteau pour Galliot
   du Pré Libraire jure de Luniversite de Paris* (1524), in-fol. goth. lettres
   initiales ornées, demi-rel. bas.

   Seconde édition.

485. Le Jouvencel, par Jean de Bueil, publié par C. Favre et L. Lecestre.
   Paris, Renouard, 1887-1889, 2 vol. in-8, br.

   De la collection de la *Société de l'Histoire de France.*

486. Satyre ménippée de la vertu du catholicon d'Espagne et de la tenue des
   estatz de Paris (par le Roy, Gillot, Passerat, Rapin, Florent-Chrétien et
   Pithou). S. l. 1594. — Le Supplément du catholicon, ou Nouvelles des
   régions de la lune. S. l. 1595. — 2 parties en 1 vol. in-12, fig. v. ant.
   marb.

487. Memoires de M. D. L. R. (De La Rochefoucauld) sur les brigues et la
   mort de Louis XIII, les guerres de Paris, etc. Mémoires de La Chastre.
   Cologne, Van Dyck (à la Sphère), 1663, pet. in-12, chag. violet tr. dor.

   Note bibliographique de M. de Beauchesne sur les ff. de garde.

488. Le Politique très chrestien, ou Discours politiques sur les actions principales de la vie de feu M. l'eminentissime Cardinal Duc de Richelieu.
   Paris (A la Sphère), 1647, in-12, portrait, v. f. ant.

   Traduction de « El Politico christianissimo... par el Capitan M. F. de Villareal »
   par François de Chatonnières de Gressaille.

489. Mémoires d'Anne de Gonzague, princesse Palatine (composés par
   Senac de Meilhan). *Londres, Paris*, 1789, in-8, v. ant. granit, tr. dor.

   Portrait de l'auteur ajouté. Cachet sur le titre.

490. Mémoires et Lettres du cardinal de Bernis (1715-1758), publiés par
   Frédéric Masson. *Paris, Plon*, 1878, 2 vol. in-8, portr. fac-similé, br.

491. Journal des inspecteurs de M. de Sartines. Première Série. 1761-1764.
   Bruxelles, Paris, 1863, in-12, bas. violette, tête dor. ébarbé.

   Documents inédits sur le règne de Louis XV.

492. Anecdotes sur Mme la comtesse Du Barri (par Pidansat de Mairobert).
   Londres, 1778, in-12, demi-rel. mar. r. dos orné, fil. tête dor.

493. P. Lacroix. XVIIIe siècle, institutions, usages et costumes. France. 1700-
   1789. *Paris, Firmin-Didot*, 1878, gr. in-8, fig. sur bois et planches en
   chromolith. br.

494. Précis de la Révolution Françoise par Rabaut et Lacretelle. *Paris,
   P. Didot l'aîné*, 1792-1806, 6 vol. in-16, fig. de Moreau et Duplessi-Ber-
   taux, mar. r. à long grain, dent. et fleur. à fr. tr. dor. (*Vogel.*)

   Assemblée Constituante. 1 vol. — Assemblée Législative, 1 vol. — Convention Nationale, 2 vol. — Directoire, 2 vol.

495. Esquisses historiques des principaux évènements de la Révolution française, par Dulaure. *Paris, Delongchamps*, 1825-1826, 6 vol. in-8, fig. demi-
   rel. bas. verte, non rog.

496. Histoire de la Révolution française, par MM. A. Thiers et F. Bodin.
   Paris, Lecointe, 1823-1827, 10 vol. in-8, cart. non rog.

497. Histoire de la Révolution française, par A. Thiers. *Paris, Furne*, 1843,
   10 vol. in-8, portr. fig. bas. brune, comp. à fr.

   Exemplaire donné en prix.

498. Histoire du Consulat et de l'empire, par M. A. Thiers. *Paris, Paulin et Lheureux*, 1845-1869, 21 vol. in-8, demi-rel. chag. r.

499. Les Origines de la France contemporaine, par H. Taine. *Paris, Hachette*, 1885, 3 vol. in-8, br.

> La Révolution.

500. Edm. et J. de Goncourt : Histoire de la société française pendant le Directoire, 2 vol. in-12. — La Femme au xviiie siècle. 1862, in-8. — Même ouvrage. 1877, in-12. — Ens. 4 vol. br.

501. Grand Monde et Salons politiques de Paris après la Terreur, par L. Lacour. *Paris, Claudin et Meugnot*, 1861, pet. in-12, br.

502. L'an 1789. Évènements, mœurs, idées, œuvres et caractères, par Hipp. Gautier, avec 650 reproductions d'estampes et de tableaux de l'époque. *Paris, Delagrave, s. d.* in-4, fig. br.

503. Le Champ de Mars (1751-1889), par Ernest Maindron et Cam. Vivé. *Lille et Paris*, 1889, gr. in-8, fig. br.

> Ouvrage illustré par Jules Adeline et orné de 114 reproductions d'après les documents originaux.

504. Histoire de Napoléon, par de Norvins. *Paris, Furne*, 1833, 4 vol. in-8, portr. demi-rel. v. violet, dos orné, non rog.

505. La Lanterne Magique. Histoire de Napoléon racontée par deux soldats, par Frédéric Soulié, ornée de 50 vignettes, avec des annotations par E. de La Bedollière. *Paris, Henriot*, 1838, in-8, fig. demi-rel. bas. verte.

506. Mémorial de Sainte-Hélène, par le Comte de Las Cases. *Paris, Garnier, s. d.* (1840), 2 vol. gr. in-8, fig. et cartes, demi-rel. v. noir.

507. Arsène Houssaye. Les Confessions, souvenirs d'un demi-siècle, 1830-1880. *Paris, Dentu*, 1885, 2 vol. in-8, portr. br.

> Mouillures.

508. Les Courtisanes du second empire (par Léopold Stapleaux). *Bruxelles*, 1871, 2 vol. in-8, fac-similés, br.

> Première partie : *Marguerite Bellanger, avec lettres autographes.* — Troisième partie : *Les Actrices.*

509. Rapports militaires écrits de Berlin, 1866-1870, par le colonel baron Stoffel. *Paris, Garnier*, 1871, in-8, demi-rel. v. r.

510. Les Murailles politiques françaises depuis le 18 juillet 1870 jusqu'au 25 mai 1871, 2 vol. — Les Murailles d'Alsace-Lorraine, 1 vol. — *Paris, Le Chevalier*, 1874. — Ens. 3 vol. in-4, br.

511. La Gestion conservatrice et la Gestion républicaine jusqu'aux conventions, 1872-1883, par Amagat. *Paris, Plon*, 1889, in-8, br.

---

512. Dictionnaire des Postes, par M. Guyot. *Paris, Delatour*, 1754, in-4, mar. vert, dent. tr. dor. (*Rel. anc.*)

> Aux armes de PARIS DE MEYZIEU.

513. Recueil général des pièces obsidionales et de nécessité, gravées dans l'ordre chronologique des événemens, par feu Tobiesen Duby (publié par Michelet d'Ennery). *Paris, Debure*, 1786, pet. in-fol. pl. de médailles, demi-rel. bas. verte.

B. Histoire des anciennes provinces et villes de France.

514. Histoire civile, physique et morale de Paris, par J.-A. Dulaure. *Paris, Baudouin*, 1825-1826, 10 vol. in-8, fig. demi-rel. bas. brune.

515. Histoire physique, civile et morale de Paris, par Dulaure. *Paris, Guillaume*, 1829, 10 vol. in-8, fig. demi-rel. v. brun.

516. Paris ancien et moderne, ou Histoire de France divisée en douze périodes appliquées aux douze arrondissements de Paris, par J. de Marlès. *Paris, Parent-Desbarres*, 1837-1838, 4 vol. in-4 dont 1 de pl. demi-rel. chag. bleu, dos orné.

517. Paris à travers les siècles, par Gourdon de Genouillac. *Paris, Roy*, 1879-1882, 5 vol. gr. in-8 à 2 col. fig. br.

Exemplaire incomplet des titres. Quelques figures ont été grossièrement coloriées. Taches d'humidité.

518. Paris illustré, publié sous la direction de F.-G. Dumas. *Paris, Lahure, Boussod Valadon*, 1883-1890, in-fol. fig. noires et color. en livraisons.

Première année : 1883 à avril 1890.

519. Histoire des Hôtelleries, Cabarets, Courtilles et des anciennes Communautés et Confréries d'Hôtelleries, Taverniers et Marchands de vins, etc. par Fr. Michel et Ed. Fournier. *Paris, Delahays*, 1859, 2 tomes en 1 vol. gr. in-8, fig. demi-rel. chag. r. plats toile, tr. dor.

520. Léon Le Grand : Les Quinze-Vingts. — La Règle de l'Hôtel-Dieu de Pontoise. — *Paris*, 1887-1891. — Ens. 2 vol. in-8, pap. vergé, br.

Extraits des *Mémoires de la Société de l'histoire de Paris et de l'Ile de France*, non mis dans le commerce.

521. Histoire de la butte des Moulins, par Edouard Fournier. *Paris, Henry et Lepin*, 1877, in-12, fig. br.

522. Cartes des vingt-deux élections de la généralité de Paris. S. l. 1762, in-4, cartes, v. ant. marb.

523. La Seine et ses bords, par C. Nodier. Vignettes par Marville et Foussereau, publiés par M. A. Mure de Pelanne. *Paris*, 1836, in-8, fig. cartes, demi-rel. bas. r. tête dor. non rog.

Exemplaire du PREMIER TIRAGE.

---

524. Histoire littéraire du Poitou, par Dreux Du Radier. *Niort, Robin*, 1842-1849, 3 tomes en 2 vol. in-8, demi-rel. v. f. avec coins.

525. Le Parlement de Bretagne après la Ligue (1598-1610) par Henri Carré. *Paris, Quantin*, 1888, in-8, br. — Les origines de la Révolution en Bretagne, par Barthélemy Pocquet. — *Paris, Didier*, 1885, 2 vol. in-12, br. — Ens. 3 vol.

526. Etude sur le Moyen-Age, histoire d'une commune et d'une baronnie du Quercy (Castelnau-de-Montratier), par Léopold Limayrac. *Cahors, J. Girma*, 1885, in-8, cartes, br.

527. Histoire du Parlement de Bordeaux, 1451-1790, par C. B. F. Boscheron des Portes. *Bordeaux, Lefebvre*, 1878, 2 vol. in-8, br.

528. Antiquités de Vérone, cité gauloise remplacée par la ville actuelle de
Périgueux, ou Description des monuments religieux, civils et militaires
de cette antique cité et de son territoire, par M. le Comte Wegrin de Tail-
lefer. *Périgueux, Dupont*, 1821, 2 vol. in-4, pl. gr. demi-rel. v. brun.

529. Traditions, coutumes, légendes et contes des Ardennes, par Albert Mey-
rac. *Charleville*, 1890, gr. in-8, br.

530. Les Vosges, par J.-J. Bellel, 20 dessins d'après nature, lithogr. par J.
Laurens. Texte descriptif par Th. Gautier. *Paris, Morel*, 1860, in-fol.
planches lithog. sur chine, cart.

    ÉDITION ORIGINALE.

3. HISTOIRE DE PLUSIEURS PAYS ÉTRANGERS

531. Matériaux pour servir à l'histoire de Marguerite d'Autriche, duchesse
de Savoie, régente des Pays-Bas, par le comte de Quinsonas. *Paris,
Delaroque*, 1860, 3 vol. in-8, portr. fig. cartes, fac-similés, demi-rel. chag.
brun avec coins, tête dor. ébarbé.

532. Jules Gourdault. L'Italie illustrée de 450 gravures sur bois. *Paris, Hachette*, 1877, in-4, fig. demi-rel. chag. r. fers spéciaux, tr. dor.

533. Occhiali pe'fidanzati ovvero carta topografica dell' isola Maritagio. *Gir-
genti*, 1836, in-18, entièrement gravé, avec fig. et carte, br.

534. Jules Gourdault. La Suisse; études et voyages à travers les 22 cantons;
ouvrage illustré de 750 gravures sur bois. *Paris, Hachette*, 1879, gr. in-4,
fig. mar. vert, écusson avec la croix de Genève sur les plats, dent. int.
tr. dor.

    Première partie.

535. Museo español de antigüedades bajo la direccion del doctor Don Juan
de Dios de la Rada y Delgado. *Madrid, Fortanet*, 1872, in-fol. pl. noires
et color. br.

536. Histoire d'Angleterre, par D. Hume et Smollett, traduite de l'anglais.
Paris, Janet et Cotelle, 1819-1822, 22 vol. in-8, cart. non rog.

537. Histoire d'Angleterre, par Hume, traduction revue par Langlois. *Paris,
Jubin*, 1829-1832, 16 vol. in-8, demi-rel. v. violet.

538. Les Écossais en France, les Français en Ecosse, par Francisque-Michel.
Londres, Trubner, 1862, 2 vol. in-8, portr. br.

    Exemplaire tiré in-4 avec encadrements rouges sur PAPIER VÉLIN.

539. L'Irlande au XIXᵉ siècle, par J.-J. Prevost, précédée d'une introduction
par le baron Taylor. *Paris, Mandeville, s. d.* 2 parties en 1 vol. in-4, pl.
gr. demi-rel. chag. r. dos orné, tr. dor.

540. Cathalogus illustrium viror Germaniä suis ingeniis et lucubrationibus
omniferiam exornantium : Dñi Johannis Tritemii. Prosthesis sive additio
illustrium Germanor Jacobi Wympfelingi. *S. l. n. d.* (1495), in-4 de 6 ff.
prél. et 76 ff. chiffr. titre en rouge, car. goth. vélin.

    Incomplet des feuillets **XXXIX** et **XL**. Cachet sur le titre.

541. Mémoires, Documents et Ecrits divers laissés par le prince Metternich.
Paris, Plon, 1880, 2 vol. in-8, portr. br.

542. Mémoires de Frédéric, baron de Trenck, traduits par lui-même sur l'original. *Strasbourg et Paris*, 1789, 3 vol. in-8, portrait, front. et fig. bas. rac.

543. La Formation de la Prusse contemporaine, par Godefroy Cavaignac. *Paris, Hachette*, 1891, in-8, br.

544. Relation de l'Islande (par Is. de La Pereyre). *Paris, Billaine*, 1663, pet. in-8, carte, vél.

545. La Russie au xviii° siècle. Mémoires inédits sur les règnes de Pierre le Grand, Catherine Ire et Pierre II, par le prince Augustin Galitzin. *Paris, Didier*, 1863, in-8, demi-rel. v. f. tête dor. ébarbé.

546. Hepworth Dixon. La Russie libre, traduit de l'anglais par Em. Jonveaux. *Paris, Hachette*, 1873, gr. in-8, fig. br.

547. Prjévalski. Mongolie et pays des Tangoutes, traduit du russe par G. Du Laurens. *Paris, Hachette*, 1880, in-8, fig. demi-rel. mar. vert.

548. Histoire de Pologne, par Joachim Lelevel. *Paris*, 1844, 2 vol. in-8, br.

   Incomplet de l'atlas.

549. La Pologne illustrée, sous la direction de Chodzko. Suite de 49 figures, in-8, gravés par Hopwood, Pilinski, etc.

   Epreuves sur chine.
   Mouillures.

550. La Turquie pittoresque, par W. A. Duckett; préface par Th. Gautier, illustrée de 20 gravures sur acier. *Paris*, 1855, gr. in-8, fig. demi-rel. bas.

   Taches.

551. Les Bords de l'Adriatique et le Monténégro, par Charles Yriarte, ouvrage contenant 257 gravures sur bois et 7 cartes. *Paris, Hachette*, 1878, in-4, fig. demi-rel. mar. vert avec coins, fil. tête dor. ébarbé.

552. Histoire philosophique et politique des établissemens et du commerce des Européens dans les deux Indes, par Guillaume-Thomas Raynal. *Genève, Pellet*, 1780, 10 vol. in-8, portr. front. de Moreau, v. ant. marb.

553. Histoire philosophique et politique des établissemens et du commerce des Européens dans les deux Indes par G.-T. Raynal. *Paris, Costes*, 1820-1821, 12 vol. in-8, portrait, cart. non rog.

554. La Terre-Sainte, avec cartes, plans et gravures de M. l'abbé Laurent de Saint-Aignan. *Paris, Dillet*, 1864, in-8, fig. demi-rel. mar. vert, tête dor. ébarbé.

555. La Terre Sainte, par l'abbé J.-J. Bourassé, illustration par Karl Girardet. *Tours, Mame*, 1867, gr. in-8, fig. demi-rel. chag. r. plats toile, tr. dor.

556. Le général Faidherbe. Le Sénégal. La France dans l'Afrique occidentale. *Paris, Hachette*, 1889, in-8, fig. et cartes, br.

557. Au Soudan français, souvenirs de guerre et de mission par le capitaine Etienne Péroz. *Paris, Calmann Lévy*, 1889, in-8, carte, br.

558. Histoire et Géographie de Madagascar, par Henry d'Escamps. *Paris, Firmin-Didot*, 1884, in-8, carte, br.

559. Histoire de la participation de la France à l'établissement des États-Unis d'Amérique, correspondance diplomatique et documents par M. Doniol. *Paris, Imprimerie Nationale*, 1885, 2 vol. in-4, br.

560. États-Unis et Canada. L'Amérique du Nord pittoresque, ouvrage rédigé par une réunion d'écrivains américains, traduit par B.-H. Revoil. *Paris, Quantin*, 1880, gr. in-4, fig. demi-rel. chag. r. avec coins, dos orné, tête dor.

561. Le Congrès des trois Amériques, 1889-1890, par Am. Prince. *Paris, Guillaumin*, 1891, in-8, carte, br.

562. Le Canal de Panama. L'Isthme américain, explorations; comparaison des tracés étudiés, négociations; état des travaux, par Lucien N.-B. Wyse. *Paris, Hachette*, 1886, gr. in-8, fig. et cartes, br.

563. Histoire étrangère : Recueil factice d'articles tirés de la *Revue des Deux Mondes*, par le comte de Paris, Cherbuliez, About, Blaze de Bury, Laveleye, de Broglie, Geffroy, de Mazade, Challemel-Lacour, St-René Taillandier, etc. *Paris*, 1867, 2 vol. in-8, demi-rel. chag. vert.

564. Mémoires divers sur l'Afrique, les régions arctiques, la Mecque, la Suisse etc. avec nombr. cartes. *Genève*, 1860, in-8, demi-rel. bas. verte.

Extrait des *Mémoires de la Société de géographie de Genève*.

VI. NOBLESSE. — ARCHÉOLOGIE. — HISTOIRE
LITTÉRAIRE

565. Traité de la Noblesse, de ses différentes espèces, de son origine, par Gilles-André de La Roque. *Paris, Michallet*, 1678, in-4, mar. vert, dos orné, fil. tr. dor. (*Rel. ancienne un peu défraîchie*).

566. Armoiries de tous les États du monde, par Heyer de Rosenfeld, Werner et Winter. *Francfort, Rommel*, 1882, 6 pl. in-4, en chromolithog. en feuilles.

567. Armorial général, précédé d'un Dictionnaire des termes du blason, par J.-B. Rietstap. *Gouda*, 1884, in-8, pl. br.

Tome I et les 3 premières livraisons du tome II (A à O).

568. Histoire généalogique et chronologique de la maison royale de France, par le P. Anselme. *Paris, Compagnie des libraires*, 1712, in-fol. bas.

Tome II.

569. Histoire généalogique de la maison royale de Courtenay, par Du Bouchet. *Paris, Du Puis*, 1661, pet. in-fol. portr. fig. bas.

Exemplaire incomplet des planches en regard des pages 241 et 268. Cassures. Reliure fatiguée.

570. Histoire généalogique de la royale maison de Savoye, par Samuel Guichenon. *Lyon, Barbier*, 1660, 2 tomes en 3 vol. in-fol. pl. fig. de blasons, vél. (*Rel. non uniforme*.)

Le tome II est incomplet du titre. Plusieurs feuillets sont remmargés. Mouillures.

571. Histoire et Archéologie : Travaux et Opuscules de MM. V. Duruy, E. Havet, Ruelle, Ménard, N. Valois, H. Stein, P. Viollet, etc. et Inventaires des richesses d'art, musées etc. 58 br. in-8.

572. Jules Martha. L'Art étrusque, illustré de 4 planches en couleurs et de 400 gravures dans le texte. *Paris, Firmin-Didot*, 1889, gr. in-8, pl. color. fig. cart. toile, fers spéciaux, tête dor. ébarbé.

573. Études épigraphiques sur l'architecture grecque, par Auguste Choisy. *Paris, Société anonyme de publications périodiques*, 1884, in-4, pl. br.

574. Le Antichita' di Ercolano, (publié par Tomasso Piroli). *Roma*, 1789-1794, 5 vol. in-4, fig. demi-rel. bas. avec coins.

> Pitture, 3 vol. — Bronzi, 2 vol. Texte et série complète des 258 planches.

575. Herculanum et Pompéi, recueil général des peintures, bronzes, mosaïques, découverts jusqu'à ce jour, gravés au trait par H. Roux et accompagné d'un texte par Barré, *Paris, Firmin-Didot*, 1870, 2 vol. in-8, fig. cart.

> Tomes V et VIII (Musée secret).

576. A Suse. Journal des fouilles, par Mme J. Dieulafoy. Ouvrage contenant 121 gravures sur bois et 1 carte. *Paris, Hachette*, 1888, in-4, fig. br.

577. Alesia et Alise. Travaux et opuscules sur la question d'Alesia, par MM. J. Quicherat, Castan, Delacroix, A. de Barthélemy, P. Bial, Bousson de Mairet, etc. — 1856-1869. — Ens. 38 br. in-12, in-8 et in-4.

> Réunion importante. La plupart de ces brochures sont rares.

578. Jules Quicherat. Mélanges d'archéologie et d'histoire. Archéologie du Moyen-Age : mémoires et fragments réunis par Robert de Lasteyrie. *Paris, Picard*, 1886, 1 vol. — L'Archaïe féodale, étude sur le Moyen-Age en Grèce (1205-1456), par la baronne Diane de Guldencrone, née de Gobineau. *Paris, Leroux*, 1886, 1 vol. — Ens. 2 vol. in-8, br.

579. Recueil de médailles de peuples et de villes qui n'ont point encore été publiées ou qui sont peu connues (par Jos. Pellerin). *Paris, Guérin*, 1763, 3 vol. in-4, pl. gr. v. ant. marb.

---

580. Questions de littérature légale, par Ch. Nodier. *Paris, Crapelet*, 1828, in-8, demi-rel. chag. vert avec coins, tête dor.

581. HISTOIRE LITTÉRAIRE DE LA FRANCE, par des religieux bénédictins de la congrégation de Saint-Maur. *Paris, Didot, Palmé*, 1824-1869, 26 vol. in-4, br.

> Les tomes IV à XV sont de la réimpression.
> Incomplet des trois premiers volumes.

582. Journal des Goncourt. Mémoires de la vie littéraire, 1851-1870, 3 vol. in-12, br.

VII. BIOGRAPHIE

583. Le Grand Dictionnaire historique, ou le Mélange curieux de l'histoire sacrée et profane, par Louis Moreri. *Paris, Libraires associés*, 1759, 10 vol. in-fol. à 2 col. front. v. ant. marb.

> Dernière édition et la plus recherchée de cet ouvrage.

584. Dictionnaire biographique et bibliographique, par Alfred Dantès. *Paris, Boyer*, 1875, in-8, à 2 col. br.

585. Ymbert de Batarnay, seigneur Du Bouchage (1438-1523)) par Bernard de Mandrot. *Paris, Picard*, 1886, in-8, br.

586. Charles Monselet. Rétif de La Bretonne, sa vie et ses amours. Documents inédits. *Paris, Aubry*, 1858, in-12, port. vélin.

> Exemplaire sur PAPIER DE HOLLANDE avec le portrait en 2 états.

587. Ed. et J. de Goncourt. Sophie Arnould, d'après sa correspondance et ses mémoires inédits. *Paris, Dentu*, 1877, pet. in-4, texte encadré, br.

588. Girardin dévoilé, par un de ses actionnaires. Biographie véridique avec portrait et caricatures. *Paris, Martinon*, 1849, pet. in-4 de 28 pp. à 2 col. cart. percal. non rog. couverture.

> Rare.

589. Alfred Barbou. Victor Hugo et son temps. *Paris, Charpentier*, 1881, gr. in-8, fig. br. couverture.

590. Sir Lionnel d'Arquenay, par Jules Le Fevre-Deumier, avec notice bibliographique sur l'auteur, par M. P. Lacroix. *Paris, Firmin Didot*, 1884, 2 vol. in-8, br.

VIII. BIBLIOGRAPHIE

591. L'Amour des livres, par M. Jules Janin. *Paris, Miard*, 1866, pet. in-12. br.

> Rare.

592. Bibliographie, Mélanges sur la librairie, la Bibliothèque nationale et l'affaire Libri, par MM. L. Delisle, Jubinal, de Wailly, Libri (1848), Didot, Stein, etc. — Réunion de 17 br. in-8.

593. Histoire de l'Imprimerie, par P. Dupont. *Paris*, 1854, 2 vol. in-8, demi-rel. cuir de Russie avec coins, tr. marb.

594. Manuel typographique, par Fournier le jeune. *A Paris, imprimé par l'auteur et se vend chez Barbou*, 1764, 2 vol. in-12, papier de Hollande, portraits et pl. gr. vélin, non rog.

595. Description des livres de liturgie imprimés aux xve et xvie siècles faisant partie de la Bibliothèque du comte de Villafranca, par Anat. Alès. *Paris, Hennuyer*, 1878, in-8, demi-cart. bas. grenat, ébarbé.

> Savant catalogue, tiré à petit nombre et très recherché.

596. Guide de l'amateur de livres à vignettes (et à figures) du xviiie siècle, par Henry Cohen. *Paris, Rouquette*, 1880, in-8 à 2 col. br.

597. E. Crottet. Supplément à la cinquième édition du Guide de l'amateur de livres à figures du xviiie siècle. *Amsterdam, Van Crombrugghe*, 1890, in-8 de 319 pp. br.

598. Bibliographie des principaux ouvrages relatifs à l'amour, aux femmes, au mariage, par M. le C. D. I***. *Paris, Gay*, 1861, in-8 à 2 col. demi-rel. v. f. avec coins, fil. tête dor.

599. Bibliographie des principales éditions originales d'écrivains français, du xve au xviiie siècle, par Jules Le Petit, ouvrage contenant environ 300 fac-similés de titres des livres décrits. *Paris, Quantin*, 1888, gr. in-8, br.

600. Catalogue d'une très riche mais peu nombreuse collection de livres
provenant de la bibliothèque de feu M. le comte J.-N.-A de Fortsas.
Bruxelles, Van Trigt, s. d. br. in-8 de 32 p.

Deuxième édition de cette facétie.

601. Bibliothèque de M. le baron Silvestre de Sacy. *Paris, Imprimerie Royale,*
1842-1847, 3 vol. in-8, br.

Exemplaire sur PAPIER VERGÉ, avec les prix d'adjudication et les noms des acquéreurs.

602. Catalogues de livres anciens et modernes, rares et curieux, de la librairie Aug. Fontaine. *Paris,* 1872, 1873, 1874, 1875, 1877, 1878-1879, 1882.
— Ens. 7 vol. gr. in-8, br.

603. Catalogues de la Bibliothèque des autographes et des estampes de
Champfleury. *Paris, Sapin et Charavay,* 1891, 3 vol. gr. in-8, fig. br.

Exemplaire sur PAPIER DE HOLLANDE. On y a joint : Champfleury, sa vie, son œuvre
et ses collections, par P. Eudel.

604. Catalogues de bibliothèques particulières. 22 vol. in-8, br.

Ch. Nodier, 1844. — Montaran, 1849 (prix). — Viollet-le-Duc, première partie, 1849
(prix). — Peignot, 1852. — Bertin, 1854. — Gancia, 1868. — Emm. Martin, 1877. —
Bancel, 1882 (prix). — Comte Roger, 1884 (prix). — Bardet, 1885 (prix). — L. Techener,
1886-1889 (prix). — Sellière, 1890. — Eug. Piot, 1891.

605. Cercle de la Librairie. Catalogue annuel des livres d'étrennes. *Paris,*
1882 à 1892, 11 vol. gr. in-8, fig. br.

IX. ENCYCLOPÉDIES. — JOURNAUX. — AUTOGRAPHES

606. Dictionnaire des noms propres, ou Encyclopédie illustrée de biographie, de géographie... par Dupiney de Vorepierre. *Paris, Michel Lévy,*
1876, in-4 à 3 col. fig. demi-rel. chag. vert.

Tome I (A à F).

607. Encyclopédie moderne, publiée sous la direction de Léon Renier,
27 vol. et 3 vol. d'atlas. — Complément, 12 vol. et 2 vol. d'atlas. — *Paris,*
Firmin-Didot, 1861. — Ens. 44 vol. in-8, pl. gr. br.

Les titres de quelques volumes sont déchirés.

---

608. L'Intermédiaire des chercheurs et curieux. *Paris, Duprat,* 1864-1877,
10 vol. in-8 à 2 col. br.

Tomes I à X.

609. Le Magasin pittoresque, rédigé sous la direction de M. Édouard Char-
ton. *Paris,* 1851-1871, 11 vol. rel. et en livr.

Années 1851, 1852, 1857 à 1871. Ces années sont reliées en 6 vol. demi-rel. chag. vert.
La reliure d'un volume est fatiguée. Les années 1867 à 1871 sont en livraisons.

610. Le Voleur, gazette des journaux français et étrangers. *Paris,* 1832-
1847, 32 vol. in-8 à 2 col. cart.

611. Musée pour tous, revue hebdomadaire de littérature et d'art. *Paris,*
Baschet, s. d. in-fol. photographies, en livr.

Première série, livraison I à XL.

612. L'Art, revue illustrée. *Paris,* 1875, 2 vol. in-fol. fig. eaux fortes, demi-
rel. v. violet avec coins.

Tomes I et II.
Exemplaire incomplet des titres et table. Taches.

613. L'Illustration. *Paris*, 1881-1889, 16 vol. in-fol. fig. noires et color. demi-
rel. bas. r.

> Années 1881 à 1889.
> Incomplet de l'année 1887.

614. LETTRES AUTOGRAPHES de Béranger. Alfr. Delvau, Paul de Kock,
comte de Las Cases, Alex. Dumas fils, Et. Carjat, Ponson du Terrail,
Jules de Saint-Félix, Maurice Lachâtre, Emmanuel Gonzalès, Taxile De-
lord, Pierre Zaccone, Aug. Maquet, etc. 44 pièces in-8.

> Toutes ces lettres sont adressées à MM. Charlieu et Huillery et ont rapport à des
> affaires littéraires et de librairie, reçus de droits d'auteurs, etc.

LIVRES EN NOMBRE

615. Contribution à l'étude profane de la Bible, par E.-G. Sorel. *Paris*, *Ghio*,
1889, in-8, br.

> 264 exemplaires.

616. Dictionnaire universel d'éducation et d'enseignement, par E. M. Campagne. *Paris*, *Ghio*, 1873, in-8 à 2 col. fig. rel. et br.

> 70 exemplaires brochés.
> 20 exemplaires reliés.

617. Théophile de Bordeu. Recherches sur l'histoire de la médecine. *Paris*,
Ghio, 1882, in-8, portr. br.

> 400 exemplaires environ.

618. Études sur les chemins de fer et les télégraphes électriques considérés
au point de vue de la défense du territoire, par J.-B. Eugène. *Paris*,
Ghio, 1879, 2 vol. in-8, br.

> 2 exemplaires.

619. La Lumière, par J. Sem. *Paris*, *Ghio*, 1879, in-8, br.

> 125 exemplaires environ.

620. Astronomie populaire pour servir de guide à l'atlas du monde céleste
en tableaux transparents de Fr. Braun. *Bruxelles et Leipzig*, *Schnée*,
s. d. in-8 et 30 tableaux transparents in-4 en 1 carton.

> 20 exemplaires.

621. Étude de la campagne de 1815. Waterloo, conférences par Charles
Chesney. *Bruxelles*, *Muquardt*, 1870, in-8, carte, br.

> 5 exemplaires.

622. Les Merveilles de l'art hollandais exposées à Amsterdam en 1872, par
Henry Havard. *Arnhem*, *Thieme*, 1873, texte in-4 et 5 photographies en
feuilles dans un carton.

> 8 exemplaires.

623. Cours d'aquarelle, par Eug. Ciceri. *Paris*, *Lemercier*, s. d. in-4, pl.
col. en feuilles dans un carton.

624. Paris-Murcie, publié sous la direction de M. Edouard Lebey. *Paris, Plon,* 1879, in-8 de 24 pp. fig. fac-similés.

> 23 exemplaires sur papier ordinaire.
> 38 exemplaires sur PAPIER VÉLIN.
> 4 exemplaires sur PAPIER VÉLIN FORT.

625. Catalogue raisonné des objets d'art et de curiosité composant la collection de W.-G.-F. van Romondt d'Utrecht, dressé par Henry Havard. *La Haye, Thieme,* 1875, in-8, eaux-fortes, br.

> 4 exemplaires sur papier ordinaire.
> 4 exemplaires sur PAPIER DE HOLLANDE.

626. La Poésie française au Canada, compilation par Louis H. Taché. *Saint-Hyacinthe,* 1881, in-8, br.

> 67 exemplaires.

627. Jules Bailly. Les Heures de soleil, poésies. *Paris, Ghio,* 1880, in-12, br.

> 300 exemplaires environ.

628. Les Contes tourangeaux, gais devis, recueillis et mis en vers par un lettré poitevin (Prosper Poitevin). *Paris, Ghio,* 1878, in-12, br.

> 300 exemplaires environ.

629. Petits Chefs-d'œuvre des écrivains du jour, par Aicard d'Auriac. *Paris, Ghio,* 1880, 2 vol. in-48, br.

> 1.300 exemplaires environ.

630. Richard Andree's Allgemeiner Handatlas in sechs und achtzig Karten, mit erläuterndem Text. *Bielefeld,* 1881, in-fol. cartes color. demi-rel. chag. vert.

> 5 exemplaires.

631. Le Christianisme, sa valeur morale et sociale, par Constant Blondeaux. *Paris, Ghio,* 1887, in-8, br. et en ff.

> 400 exemplaires brochés.
> 300 exemplaires en feuilles.

632. Louis XVI. le marquis de Bouillé et Varennes, par l'abbé Gabriel. *Paris, Ghio,* 1874, in-8, br.

> 100 exemplaires.

633. Histoire contemporaine. Le Ménage impérial (par Léopold Stapleaux). *Bruxelles,* 1871, in-8, fac-similés, br.

> 10 exemplaires.

634. Journal du blocus et du bombardement de Verdun pendant la guerre de 1870, par l'abbé Gabriel. *Verdun,* 1872, in-8 br. et rel.

> 6 exemplaires brochés.
> 1 exemplaire demi-rel. chag. vert.

635. Histoire des populations pyrénéennes du Nebouzan et du pays de Comminges, par H. Castillon (d'Aspet). *Toulouse,* 1842, 2 vol. in-8, br.

> 150 exemplaires environ.

N° 711

Paris. — Typ. Chamerot et Renouard, 19, rue des Saints-Pères. — 28614.